冥 谈

[日]京极夏彦 —— 著
王延庆 —— 译

北方联合出版传媒（集团）股份有限公司
万卷出版有限责任公司

著作权合同登记号：06—2019 年第 153 号

ⓒ 京极夏彦　2022

图书在版编目（CIP）数据

冥谈 /（日）京极夏彦著；王延庆译 . — 沈阳：
万卷出版有限责任公司，2022.5
ISBN 978-7-5470-5402-4

Ⅰ . ①冥… Ⅱ . ①京… ②王… Ⅲ . ①短篇小说—小说集—日本—现代 Ⅳ . ① I313.45

中国版本图书馆 CIP 数据核字（2020）第 141527 号

MEIDAN
by KYOGOKU Natsuhiko
Copyright ⓒ 2010 KYOGOKU Natsuhiko
All rights reserved.
Originally published in Japan by MEDIA FACTORY, Tokyo.
Chinese (in simplified character only) translation rights arranged with
RACCOON AGENCY INC., Japan
through THE SAKAI AGENCY and BARDON-CHINESE MEDIA AGENCY.

出 品 人：	王维良
出版发行：	北方联合出版传媒（集团）股份有限公司
	万卷出版有限责任公司
	（地址：沈阳市和平区十一纬路 29 号　邮编：110003）
印 刷 者：	辽宁新华印务有限公司
经 销 者：	全国新华书店
幅面尺寸：	145mm×210mm
字　　数：	160 千字
印　　张：	7
出版时间：	2022 年 5 月第 1 版
印刷时间：	2022 年 5 月第 1 次印刷
责任编辑：	史　丹
封面设计：	棱角视觉
版式设计：	马婧莎
责任校对：	张　莹
ISBN 978-7-5470-5402-4	
定　　价：	39.50 元
联系电话：	024-23284090
传　　真：	024-23284448

常年法律顾问：王　伟　　版权所有　侵权必究　　举报电话：024-23284090
如有印装质量问题，请与印刷厂联系。　　　　　　联系电话：024-31255233

目录

有庭院的家	1
冬	29
凧之桥	57
源自《远野物语》	91
柿子	117
空地上的女人	145
预感	171
前辈的故事	197

有庭院的家

庭院里盛开着山茶花，旁边是一张摆放花盆的木台，木台的颜色呈暗灰色。

台子上空空荡荡，缺了角的花盆散落在地面上，长着一些杂草。花盆里不知是花卉还是草木，枝叶早已枯萎，却并没有被移栽或者铲除，而是放在那里任其荒芜。

木台受风雪侵袭，几乎已经完全破损。似乎轻轻一碰，顷刻间便会倒塌。或许这就是所谓的腐朽吧，颜色也已经脱落了。经雨雪侵蚀、风吹日晒，木台已经岌岌可危。

相比之下，山茶花却是格外的鲜艳。

厚厚的枝叶，浓浓的色彩，花朵红得近乎刺眼。

山茶树一派生机盎然。若都以植物的角度来看的话，木台却已经枯死。莫非这就是它们的区别吗？

不！木台不仅作为植物早已枯死，即使是作为器物，它也正在逐渐失去其应有的机能。

这样看来，已经无法挽救了。

破裂、缺损还可以修补，但腐朽则无法挽回。或许成为这座木台原材料的树木，不久即将迎来它生命的第二次消亡。

它将就此腐朽、分解，化为微不足道的尘埃。木台看上去干燥，却并不一定能被点燃。因此，它甚至不能被当作引柴。表面干燥，但内部想必十分潮湿，或许还会滋生出蛀虫，就是那种盘踞在石头底下蠕动的令人作呕的虫子。

这座庭院里到处散发着这种气味。

我并不喜欢这座庭院。

山茶树后面的矮墙也是木制的。

矮墙并不像木台那样破损严重，仍旧保留着树木原有的光泽，木头的质感依然存在。同样都是死去的树木，结果却天壤之别。难道是涂料的区别？或者是构成材料的树木的种类不同？

正当我想着这些的时候，小山内君回来了。

小山内君是高中教师，不过因患有严重的胃疾，目前正在停职疗养。

他原本就身体消瘦，现在却又只能喝些稀粥，愈发变得骨瘦如柴了。一张脸与其说是苍白，不如说是面如土色，头发也失去了光泽，显得异常干燥。

"怎么，在欣赏庭院吗？真是少见呀！"

小山内君问道。

"噢，闲来无事，谈不上欣赏，只是随便看看外面罢了。"

有庭院的家

"怎么是外面？那可是我家的院子呀！"

"我指的是屋子的外面。"

"那倒没错，可那里有一堵墙，看不到墙外面，你看到的只能是院子。"

真是个爱较真儿的家伙。可是，当我问道这是否就是他引以为豪的庭院时，小山内君却大声地笑了起来。

"有什么值得自豪的！这个院子我从小就看惯了，老实说我非常讨厌它。那个踏脚石下面有许多座头虫，檐廊底下还会爬出灶马蟋来。挖开泥土，里面还有蚯蚓和蝼蛄之类的生物，而且还长了一地蜇人的杂草。我的皮肤非常敏感，一不小心碰到了就会糜烂发烧。所以我讨厌摆弄泥土，当然也不知道如何侍弄花草。"

"虽然如此，山茶花却开得非常艳丽。"

"这种东西，不用管它自己也会开花。"小山内君说道，"好像花儿也在欺负我，所以我也讨厌花儿。"

"花儿也欺负你吗？"

"我活得可真够累的！"

原本站在檐廊下说话的小山内君走进榻榻米房间，隔着炕桌坐在了我的对面，望着山茶花。

"那些家伙容光焕发，显得那么健康。只吸吸雨水晒晒太阳，就长得那么色彩鲜艳。相比之下，我却是一副没精打采的样子。说起来，我因不常晒太阳而脸色发白，这倒也是没办法的事,可是吃了那么多的补品,喝了那么多强筋壮骨的药汤,总想努力挣扎着活下去,可到头来还是长成一副霉菌或菇类一样的暗淡面孔。"

"我说,哪里有那种长得绿里透红的人啊!"

"这并不是颜色的问题。"小山内君说道,"看,像你的皮肤,表面湿润,充满了光泽。不是说色彩鲜艳,而是说富有生命力。那种红与绿的浓重,体现了生命力的旺盛。在那棵山茶花的身体里,必定充满了生命的脉动。比较起来,我却脉搏虚弱。也不知道是血还是气,它们就像没有拧紧的水龙头,沥沥拉拉地流淌着,让我看不到半点生命旺盛的势头。"

"这些山茶花总是那样怒放,像是在讴歌生命的火花,而且永不凋谢。"小山内君撇了撇薄薄的嘴唇,说道。

"你又在说胡话了,世界上哪有不凋谢的花儿?"

"不,它们从不凋谢。"

小山内君愤愤地说着,探出身子把拉门关上了一半。我看他很吃力,索性起身关上了剩下的一半。敞着门的确感觉很冷。

"山茶花这东西花瓣不会散落,它总是整朵花落地。保持着盛开时的姿态,整朵花一齐落地。"

"就是所谓的落山茶吗?"

"就像砍头一样。"小山内君说道。

"砍头?好一个古老的比喻,而且很可怕。"

"没办法,那样子真的就像斩首一样。就是说,山茶花不会衰败,只有突然死亡。哦,即使花落了,树也不会枯竭,所以山茶树本身永远不会死亡。一般的花会枯萎、褪色、变质、干枯、花瓣一片一片地脱落,山茶树绝不会像这样衰亡。"

"可脱落的花朵会枯萎,而且会腐烂的吧?"

"死了以后当然会腐烂。我的意思是说,山茶花在活着的时候不会枯萎、衰败。"

原来如此,或许小山内君说得有道理。

"想想看,植物是不会衰老的。"小山内君说道。

"不是也有老树的说法吗?古树到处都可以见到,当然也有上了年纪的衰老的树。"

"树木要活多久就可以活多久。古老的树木都非常巨大。它们可以历经数百年而不衰。当然,如果断了水、砍了树干,或是染上疾病,那就没有办法了。动物如果生长到一定的年龄就会衰老死亡,不会无限度地成长壮大。人类上了岁数身体通常都会萎缩。"

或许是吧!

我说自己从上高中以后就不再长高了。听我这么一说,小山内君赶忙回应,说自己从上了中学就不再长个了。

关上拉门,房间里就像蒙上了一层窗纱,变得一片昏暗。

太阳还挂得老高,房间里却暗得让人想点灯。"这屋里好黑呀!"听我这么一说,小山内君回答道:"我家本来就这么黑。"

"不知道是方向不正还是房子盖得有问题，阳光总是照射不进来，可院子里却是阳光明媚的。不论是早上的朝阳还是晚上的夕阳，都只照射在院子里。只是，不知道这房子是怎样的一种结构，屋子里却始终是暗无天日。"

如此说来，无论我什么时候来这里，屋子里的确都是昏暗的。除了门厅昏暗外，走廊也很黑。

人的固有印象非常可怕。印象中我总是在黄昏时分来到这里，可仔细一想，却也并非如此。

"房间窗户也不小啊。"听我这么一说，小山内君接着说道："通风也不差。"

"或许比起采光来，父亲更看重通风吧。"

"这是令尊大人盖的房子吗？"

"我想应该是。尽管这是我的家，但我却不能确定。因为这所房子是在我出生前盖起来的。家母是父亲续娶的妻子，我是父亲晚年生下的孩子。据说，我的祖父不是东京人，好像是什么地方的乡间武士。明治维新时加入了幕府的军队，顽抗到最后，被官军逮捕并处以斩首之刑。听说头颅被挂在板桥还是什么地方示众，当时年幼的父亲还跑过去看。"

"看到了吗？"

"看到了。"

"令尊大人参观了自己父亲示众的头颅吗？"

"这种事情怎么好'参观'？"小山内君笑了笑，"那可是具尸首啊，而且是一部分，不是什么了不起的东西。况且还是作为犯人被当街示众，并没有什么好参观的。"

"说的也是，不过那都是些过了时的话题，谁知道是真是假。"

"是啊，放在如今的世道，哪里还能看到死刑的尸骸？所以我觉得，那简直就是奇谈怪论。可父亲却没完没了地说，他的确看到了。父亲应该真的看到了。父亲是十八年前，七十多岁时过世的，算起来时间也相当。明治初期，父亲刚好十几岁。而且，听起来好像也没有那么恐怖。父亲说，他只觉得那首级黑乎乎、脏兮兮的。在父亲看来，人死的时候表情应当更加威严一些。因此，父亲似乎还觉得有些遗憾。祖父的首级，嘴巴半张着，舌头露出了一半，两眼翻白，看上去显得有些滑稽。不管怎么说，过往行人都在看着呢。作为儿子，总是希望父亲死时的表情更加体面一些。"

"既然是斩首，那也没有法子。"小山内君说道。

"被杀头，会是什么样的感觉？"

"应该没有什么感觉吧！我又没被杀过头，怎么会知道？不过可以确定的是，根本就来不及感觉疼痛吧。"

"真的不痛吗？"

小山内君的视线转向了前方。

"砍到一半的时候不会痛吗？"

"怎么知道是砍到一半了呢?"

"先是刀碰到了脖子,接下来头被砍掉,不是吗?"

"那只是一瞬间的事情。"我说道。

"听说在旧幕府时代初期,曾经有过锯刑或者五马分尸之类的带有拷问性质的酷刑。如果像这样被一点一点地撕裂,那一定会很痛。噢,痛得简直让人不敢想象。不过,如果用刀砍的话,那只是一瞬间的事情。比如,被刮脸刀划破手指,划的瞬间并不觉得痛,事后才慢慢地痛起来。如果是被砍头的话,就没有事后了,因为人都已经死了啊。咳,就算有被什么东西猛烈撞击的感觉,但是在感受到撞击之前,人就已经断气了吧。"

"果真如此吗?"小山内君很不服气地说道,"果真瞬间就失去了知觉吗?"

"只要被击中要害,意识就会瞬间消失。即使不是杀头,被铁棒猛击头部也会昏倒过去。根本就不存在你说的事后那回事。"

"奇怪,我们这是在谈论些什么?"听我这样一说,小山内君脸部抽搐了一下,表情显得有些无奈。

"噢,或许也有被刀子刺死的,但是却没有被砍头的。现如今已经没有人持有日本刀了。就算有,也没有人具备那么高超的技艺。那已经是过去的事情了。"

"或许,真的是过去的事了吧。"

有庭院的家

尽管如此，但对于小山内君来说，那并不是很久远的老祖宗的事情。它就发生在自己祖父的身上，就是所谓的回首可及的过去。这样一想，那也并非很久以前的事情。砍下头放在道边示众，这种事情放在今天，已是难以想象的野蛮行为。然而那时，这种残酷的暴行竟然公开进行，且就发生在自己的身边，这使我不由得感慨万分。

"连杯茶水也没有上，实在不好意思。"小山内君突然说道。

"噢，没关系。倒是我事先也没打个招呼就突然造访，实在是抱歉。我出来办事刚好路过这里，突然就想起了你。我们大约有三年没见面了吧！我整天忙忙碌碌的，过年也没能来问候一下，可心里一直惦记着。"

"惦记着什么？"

"惦记着你的身体呀！"我说道，"听别人说你正在停职休息。我知道你从前就一直胃不好，但还不至于严重到影响工作吧。要是知道的话，我早就应该过来探望你的。"

"我停职休息也不仅仅是因为胃病。"

"还有其他的原因，"小山内君皱起了稀疏的眉毛说，"只要操心过多，胃病马上就会复发。个人的事情已经弄得我焦头烂额，还要继续站在讲台上，实在有些承受不住了。"

"嗯，看来你的确很忙。我看你一刻也闲不住。噢，我的事情你不必介意，如果不方便的话，我改日再来。你不要嫌我空着手来，我这样是因为听说你只能喝些稀粥，想必你不需要。相反，我还担心会打搅你休息呢。但现在看起来，你的精神还蛮不错，这样我就放心了。下次我一定带着礼物来看你。"

待我正要起身，小山内君却叫住了我。

"如果可以的话，希望你先不要走。"

"为什么？"

"噢，有件事情想麻烦你。可毕竟你是客人，实在有些难为情。"

"哎呀，不必客气！能这时候来这里也是一种缘分。我已经办完事了，今天也有空。只要我能办到，我会尽力而为的。"

"那我就不客气了，"小山内君说道，"既然这样，可不可以请你帮我看一会儿家？"

"看家？那还不容易嘛。这么说，你是打算出去吗？"

"嗯，我得去叫医生。你知道，我家里没有安装电话。"

我问道："是要去看医生吗？"

小山内君回答道："是去请医生。"

"请医生？就是说，不是你要看病啦？"

"不是我。我要请医生开诊断书。噢，实话对你说……"

"我妹妹死了！"我的这位消瘦的朋友面无表情地说道。我自然紧接着追问了一句，于是，这位朋友回答说："噢，刚刚去世。"

"就在你到来十分钟之前，她才刚刚断气。"

有庭院的家　11

"喂！这可不是闹着玩儿的！为什么要开这种玩笑？你的妹妹，是不是佐弥子小姐？"

"是的，是佐弥子。"

"佐弥子小姐怎么了？"

"我已经说过，她死了。"小山内君以平淡的口吻说道。

"死了？佐弥子小姐她死了？"

"是的，就在那段隔扇里面。"

小山内君把脸转向了通往里间的隔扇。

"喂，这么说，如果我没有记错的话，佐弥子小姐不是四年前结婚了吗？"

"是的。可是两年半前死了丈夫，无奈，她又回到了这个家。"

"佐弥子小姐的丈夫去世了啊。"

我完全不知道。

说起来，我不再常来这个家，或许正是佐弥子小姐出嫁的缘故。虽然我并不是有意这样做。

"他死于意外事故。"小山内君说道，"头被砸烂了。"

"头？"

"据说当时的场面很凄惨。噢，我是没有见到，但佐弥子是配偶，不可能不去看一眼。可头已经被砸烂，很难确认身份了。衣物和随身物品也可能被换过了。佐弥子被警察传唤，前去认尸。天哪！那场面实在是太可怕了！吓得佐弥子浑身直打哆嗦。但毕竟那是自己的丈夫呀，佐弥子当场吓得不省人事。从此，她一蹶不振，无法一个人生活，因此葬礼之后便将她接到了这里。"

"既然这样……"

本来想说"为什么不通知我"，但回过头一想，小山内君有什么理由非要特意通知我呢？虽然我和小山内君是老朋友，但和佐弥子小姐却并不十分亲近。只是以前互相认识，并没有任何更近的关系。

我甚至不知道她到底嫁给了什么人，也没有收到婚礼的邀请。

可现在她已经回来了。

"回来是回来了，可一回来就染上了病。担心她可能是精神压力过大，为了慎重起见，便将她送进了医院。可住了医院不久，她的病情越发加重，直到去年夏天，佐弥子一直都住在医院里。"

原来如此，小山内君刚才所说被家里事弄得焦头烂额，或许指的就是这件事。

这种情况的确不适合继续在学校里与那些顽童为伍。

"佐弥子的身体越来越不行了，就是所谓的病入膏肓吧。与其让她最后死在医院的病床上，还不如让她在从小长大的家里离去。毕竟事情已经到了这种地步，佐弥子只有我这么一个亲人，我也打算在这个家里看着她离开，便把佐弥子从医院接

有庭院的家

了回来,就让她睡在隔壁的房间里。"

隔壁房间?

"那是去年八月左右的事情。"小山内君一边望着隔扇门一边说道,"去年夏天,天气热得要命。这个可恶的院子里到处生满了蚊子,驱赶蚊子可是费了一番周折。要说看护病人,倒也不是什么费心的事,只要让她睡下就可以了,并不很麻烦。一天三顿饭也没有什么,我本来就只喝粥,麻烦的大概只有伺候病人大小便了。最为难的是……"

"本来打算找个看护……"小山内君说着,不知为何却将目光转向了我。

"但听医生说,最多也就能维持两三天了,所以也就作罢了。然而,佐弥子却活了下来。十天、一个月,虽然没有好转,但也没有恶化,后来竟然就这样过了近半年的时间。我本以为她会就此一直活下去。咳,今天早上本来也没有觉得哪里不对劲,可谁知她的病情却突然恶化,一下子就咽了气。随后你就来了,就是这样。"

"这似乎也算是一种缘分。"小山内君说道。

"这也是缘分吗?"

不过是巧合罢了。

"你说的是真的吗?"

"骗你对我又有什么好处呢?难道说,你没有察觉到烧香的气味吗?"

这么一说，的确有一股香味。

"很多人讨厌这种香味，所以我才把拉门打开了。我不是说过有点冷，请你忍受一下吗？"

好像他说过。

"否则的话，谁会愿意看那个院子啊？"小山内君说道。

我就看了。可是……

"我不相信佐弥子小姐已经去世了。而且，你不是说她刚刚去世吗？我倒不是怀疑你，可我总觉得你说的不是真的。"

"你怎么也变得疑神疑鬼的？"

小山内君边说边站起身，打开了旁边屋子的隔扇。

邻屋更加昏暗。昏暗之中的榻榻米上铺着一床被褥。香火弥漫着整个房间。

被褥下面露出一双脚的脚趾。

那趾尖白得令人战栗。与其说是白，倒不如说是透明，似乎已经完全失去了血色。

仿佛一只刚刚羽化的蝉。

"她死了。已经没有了呼吸，心脏也停止了跳动。既不动弹也不说话，连眼皮都不动一下。身子像鱼一样冰凉。这不就是死了吗？"

这，的确是死了。

是死了。

我又看了一眼她的脚。她的脚形状很美，仿佛蜡像一般。

晶莹小巧的趾甲整齐地排成一列，看上去就像是一个被掏空了的躯壳。既然躯壳都如此白净，灵魂想必更加透明吧。

"可问题是，"小山内君说道，"总不能一直这样放着吧。"

"当然不能一直这样放着。对啦，你说的诊断书，是指死亡诊断书吗？"

"是的。我一时慌了手脚，不知道应该先做些什么。是先请和尚，还是招呼街坊，还是通知亲戚，还是着手准备葬礼……噢，或者应当先叫警察？就在这时，正好你来了。本来我乱作一团，不知如何是好，可一看到你，我就好像吃了定心丸。因此，我想让你在这儿等候，我要再次确认佐弥子是否已经死去，并想着先去叫医生。"

"应当先去叫医生！"

"去叫医生！嗯，就这么办。"

小山内君轻轻地关上了隔扇门。

"佐弥子不可能还活着。但这毕竟不是专家做出的判断。我想还是应当先请医生诊断一下，其他的事情再另行商议。于是……"

"你回来后，看见我正对着院子看得入迷，是吗？"

"就是那样。"小山内君低声说道，"怎么样？这么久了难得来一次，却是这个样子。让你和一具死尸在一起看家，或许并不是一件让人舒服的事情。不过，还是要请你帮我这个忙，你看可以吗？"

"当然可以了。"我回答道。

因为，我一直就很喜欢佐弥子小姐。

可她已经死了啊！

小山内君披上斗篷，说了一声"我会尽快赶回来"，便走出了家门。

好长时间，我都一动不动，默默地坐着。

这是别人的家，没事到处走动会让人觉得很奇怪。

也不可能讲话。因为除了我以外没有别人，不说话似乎也是理所当然的。所以，我只能坐着。可是，大约过了十分钟，我坐得有些不耐烦了。

不，说不耐烦似乎也不对。

准确地说，应当是我想要做点什么事情了。我先环顾了一下房间。

很久没有来这里了。小的时候曾经来过无数次，这里的一切我都很熟悉。或许一切都和从前一样，没有任何改变。不，虽然感觉上没有变化，可内心却不敢肯定。

比如说，这个茶具柜我就非常眼熟，我甚至还记得那上面弯弯曲曲的木纹。

柜子上的金属带和金属边框，以及黑色的抽屉拉手还都依然如故。灰土墙上的裂缝、楣窗上的浮雕也都记忆犹新。小的时候，我根本不知道上面雕刻的是什么。现在仔细看了看，原来是流水和莲花。

有庭院的家

可是，我却记不得眼前的这张炕桌。它看上去并不新，但至少以前这个榻榻米的房间里没有这张炕桌。更重要的是，我对刚才一直眺望着的那个庭院毫无印象。

此外，刚才小山内君一直在说，因为房屋结构的关系，这个房子里面很暗，可我却不记得小的时候有过这种感觉。昏暗的印象，是长大之后到访这里时形成的记忆。正因如此，我才会误以为自己总是在黄昏时刻到访。感觉小的时候，这房子和其他房子一样，并不昏暗。至于房子的结构布局，这一点应该不会有变化。

房间里散发着烧香的气味。

烧香的烟穿过楣窗飘了过来。

不知为何，房间里昏暗得让人想要开灯。

我看了看四周，紧接着站起身来。

就在我顺势想要开灯时，拉门被打开了。

我一时惊讶，回头望去，只见佐弥子小姐背朝着山茶花站在了我的面前。

"啊，这不是西宫先生吗？"

佐弥子小姐说道。

接着她又说道："好久不见。我们有多少年没见面了？"

说完，佐弥子干脆坐在了走廊上。

你！

我并没有感到过于惊讶。

佐弥子看上去并不像是幽灵。

"您怎么会在这里？"

"没什么，我被吩咐在这里看家。"

"看家？这么说，您一定见过哥哥了？"

"是令兄吩咐我在这里看家。就算是熟悉朋友的家，再不懂得礼节，我也不会未经允许就随便闯进来冒充看家的。那可是盗贼呀！我是打了招呼，经过主人允许，才从大门进来，坐在了这里的。"

"哎呀，西宫先生还是和从前一样，一点儿都没有变！"佐弥子小姐笑着说道。

声音和从前一模一样。

"哥哥说去一趟医院，可怎么也没有想到他竟然抛下客人在这里等候。连杯茶水也不上，让客人干坐着，真是有点过分。实在对不起了。我还以为没有人在，吓了我一跳。"

"吓了一跳的应当是我呀！你！"

你！

佐弥子小姐一直盯着我。

"好久不见，我都快要流出眼泪了。"

"见到我怎么会流眼泪？听令兄说，你好像遇到了不少坎坷，现在身体还好吗？"

"我很好呀！"

说完，佐弥子小姐将小山内君关闭的拉门全部打开，然

有庭院的家　　19

后面对着我坐了下来。

佐弥子小姐的面孔依旧是一片白净，反倒映衬得她那一身素净的浅紫色和服色彩浓重了起来。

这个人……

从小就这么白吗？

真的很白。那不是涂了粉的白，而是宛如浸在水里的白玉般透明的白。里面的白色由内向外透到了表面，中间没有血液流过，如梦幻般缥缈。

像是人造的。

"你结婚了吧？"

似乎应从这里开始确认。

"嗯。"佐弥子小姐简短地回答道。

"我甚至没能向你道喜。"我说道。

"不过，后来发生了不幸。"

"噢，听说你丈夫去世了，我真的一点儿都不知道。"

"当时……"

"我并没有打算告诉大家。"佐弥子小姐说道，"尤其是……没有打算告诉西宫先生。"

"是遭遇了事故吗？"

"被倒下的石塔压在了底下。"

"石塔？"

"嗯。当时在品川那里，要为在明治维新时期被处死的幕府军的先辈们建立一座什么慰灵碑。"

"慰灵碑?"

"嗯,就是被斩首的死者的慰灵碑。死去的丈夫是从事土木建筑工作的,承包了修建工程,当时他正好在现场。据说绳子断了,巨大的石头倒了下来,丈夫被压在了底下。"

"实在太惨了。"

"头被压得粉碎。"

原来确有其事。

"我被叫到警察医院的太平间去认尸。肩膀以下丝毫没有碰伤,可脖子以上什么都没有了。"

"都没有了吗?"

"嗯。脖子被压断,脖子以上什么都没有了。据说头被砸得粉碎,能够回收的部分全都被装进了一个防腐的容器里,看也看不出什么,所以我也就没看。"

"那是不是很痛呀?"佐弥子小姐自言自语地说道,"头被砸碎是不是很痛呀?"

"这个嘛。噢,恕我直言,可能并不会感到疼痛。如果是手脚被夹住,或者是腰被砸断应该会很痛苦。但如果是头的话,可能根本没有时间感觉到疼痛。那只是一瞬间的事情。"

"真的是那样吗?被砸碎的中途,不是很痛吗?"

"被砸碎的中途……"

那是怎么回事?

有庭院的家

"那只是一瞬间的事情，所以没有中途。我想您的丈夫并没有感觉到痛苦。虽然不应该这么说，但这也算是不幸中的万幸呀。"

不对。

怎么会是万幸呢？

我似乎被引导着说了些不该说的话。如此惨死，怎么能说是万幸！小山内君说过，佐弥子小姐当时被吓得不省人事。这也是理所当然。那么，我这么说岂不是……

我不由得低下了头。然而，当我再次抬起头时……

佐弥子小姐脸朝着庭院的方向，眯缝着双眼。

她许久地望着远方，望着那我不曾看到过的远方。

"真的是这样吗？他真的没有感觉到疼痛吗？"

佐弥子小姐喃喃自语道。

"我一直以为，头都掉下来了，那一定会很痛。像是被放在石钵里捣碎，一定会痛得不得了。可怜他竟然落得如此下场，为什么要在人生结束的时候，去忍受这种痛苦呢？"

"唉，说的也是。不过，那只是瞬间结束的事情。或许您的丈夫他……"

甚至还没有感觉到自己已经死亡。

"他最后看到了什么呢？"

什么也没看到。

我是这样想的。

就算他看到了什么，但是在感觉到那是什么之前，人已经死了。任何愉快、高兴、悲伤、空虚，所有的一切都会在那一瞬间消失。就像电灯熄灭一样，只在一瞬间。

一切都变得一片漆黑。

这个房间为什么会如此昏暗？现在还是白天，看上去就像是到了晚上。

佐弥子小姐白净，所以还能看得到。如果是面如土色的小山内君，混杂在黑暗中就可能什么都看不到了。这里竟昏暗成这样。

"如果说看到了什么，那应该也是记忆中的什么吧。"我说道。

令人怀念的景色、心爱的人、美丽的花朵，诸如此类的东西，那样不是更好吗？

"我觉得他应该看到了自己的血。"

"是自己的血吗？"

"因为已经被砸碎了。"

"我是说他的头，"佐弥子小姐说道，"头已经没有了。头盖骨裂开，里面的东西全都跑了出来。我想，那一瞬间他可能看到了这些。一想到这里……"

就觉得心里难受。

"看到自己脑袋里的东西！死之前看到这么令人作呕的东西，多让人伤心啊！多让人恐惧啊！我的脑子里一直这样想。

您觉得呢，西宫先生？"

这种事情！

"怎么会有这种事情？"

"不会有吗？"

"您的丈夫不会感到疼痛，也不可能看到那些令人作呕的东西。他只是在没有任何前兆的情况下，突然地结束了生命。"

"如果真是那样的话就好了。"这一次，佐弥子小姐异常安定地说道。那无可奈何的表情，显得格外的美丽。

那白皙的脖子。

细长、透明的颈项。

"哎呀，对不起！说什么不上茶水慢待客人，我一样不懂得礼貌，真是不好意思。"

"不……不必客气！本来也没打算打扰，只是一时心血来潮。像这样能够见到老朋友一起说说话，我就很满足了。"

实在令人怀念。

"可话说回来，哥哥怎么还不回来？"

"医院就在附近吗？"

"噢，我也不知道。"佐弥子小姐摇了摇头，"哥哥的病情很严重。我让他去住院，或者最起码请医生看看，可他无论如何也不听我的话。都到了这个时候……"

"这个时候？"

太阳已经落山了吧？

"感觉很冷。"

"感觉冷吗?"

屋里很冷吗?

"屋子里没有一点儿热气,所以觉得很冷。待得时间长了……"

就会像鱼一样冰凉。

那是……

已经死了的缘故,不是吗?

"佐弥子小姐!"

"有什么人躺在隔壁的房间里吗?"我问道。

"噢,你问有什么人躺在那里吗?可是这个家里……"

"只有你和我两个人呀!"

是的。只有我和死尸两个人。

你,不是已经死了吗?

我这样想着,猛然转过了离开许久的视线,发现佐弥子小姐不知何时坐在了房间的角落里。

"你怎么了?"

"没什么,我去倒茶。"

佐弥子小姐说着,打开铺着被褥的房间的隔扇,消失在了隔壁昏暗的房间里。在隔扇关闭的那一瞬间,我隐约看到了被褥的一角,并且闻到了线香的气味。

我再一次变得孤独一人。

我就这样坐在那里好长时间。

小山内君怎么回事?他果真去了医院吗?看来他的病情的确很严重。

不知为何,我用双手抱住了自己的头。

万一被砸碎或者掉下来,可就没命了。

看起来我还活着!

我望着庭院。庭院里盛开着山茶花,旁边是一张摆放花盆的木台,木台的颜色呈暗灰色。台子上空空荡荡,缺了角的花盆散落在地面上,长着一些杂草。山茶花开得格外的鲜艳。厚厚的枝叶,浓浓的色彩,花朵红得近乎感到刺眼。木台受风雪侵袭,已经完全破损。似乎轻轻一碰,顷刻间便会倒塌。木台已然开始腐朽。颜色也已经脱落了。经雨雪侵蚀、风吹日晒,木台已经岌岌可危。

像那样,慢慢地腐朽不是也很好吗?我思忖着。

与突然结束相比,那样会更好。小山内君嫉妒山茶花,但我却并不羡慕山茶花。我不希望像山茶花那样突然落地,并以此结束一切。我更愿意慢慢地老朽下去。

外面依旧明亮。

仍然是白天。

然而,屋子里却已经是昏暗一片。

我。

还要在这里守多久?

佐弥子小姐会送茶水来吗？不，她不会来的，她不可能来。线香的香气。弥漫在整个房间里的尸体的臭气。像鱼一样冰凉的、苍白透明的皮肤。

佐弥子小姐死在隔壁的房间里吗？

既然她的哥哥小山内君那样说，应该不会错。

正当我想着这些的时候。

庭院里的山茶花……

一齐落了下来。

"啊！"

我感觉到，或许小山内君也死了。

我要守到什么时候才算完呢？

小山内君还会回来吗？

我，可以离开了吗？

离开这个有庭院的家。

冬

蔺草的香气对我来说是寒冷的。

寒冷的气温和那股香气总会让我产生联想。天气一冷，我的鼻孔就像产生幻觉一样，开始嗅到榻榻米的气味。只要嗅到榻榻米的气味，即使天气不冷，我也会感到阵阵寒意。

对我来说，榻榻米就意味着冬天。那绝对不是模糊意义上的冬天，而是与非常具体的人体感觉完整地结合在一起的。

那种寒冷，便是脸颊所感觉到的寒冷。

具体地说，那是右脸颊感觉到的寒冷。右脸颊感觉到的榻榻米粗糙纹路那冰冷干涩的触觉，对于我来说，那就是冬天，是真正意义上的冬天。那是非常真实的记忆，我无法用语言准确地表达。但那是一种极其细微的，甚至伴随着身体感受的记忆。有时我甚至误以为皮肤在抽搐。就连残留在鼻孔深处的蔺草的香气，也会让我感觉真的嗅到了榻榻米。

而且，这种记忆，同时也伴随着极其朦胧的视觉记忆和听觉记忆。

只是这种感觉与触觉和嗅觉有所不同。它是一种模糊的、无法确定的感觉，不会清晰地唤起以往的记忆。

就像隔着磨砂玻璃窥视一样。

就像隔着墙壁聆听那样。

那是朦胧的、遥远的记忆。是的，与其说是朦胧，不如说是遥远。

遥远的记忆，宛若梦境。

是的，它更接近梦幻的记忆。

好似记得，却又不曾记得。

细节部分记得清清楚楚，整体的感觉却模糊不清，毫无现实感。

因为是梦，并非现实，所以没有现实感或许也理所当然。可是做梦的时候，并不会觉得那不是现实，一觉醒来之时也无法将梦与现实区分开来。

尽管如此，梦的记忆却如此的遥远。

就像那种感觉。

可是，那段记忆绝不模糊浑浊。

它绝不掺杂其他的记忆，没有任何沉积难解的地方，也从不晦暗不明。那是非常透明、清澈的记忆。只是，似乎相当遥远。

那，是一个少女的脸庞。

并伴随着少女的声音。

冬

那是少女吗？——我思忖着。我曾记得那张脸庞，但我却无法将她描绘出来。而且她长得不像任何人，不像我认识的任何一位女子。

有时我会想，或许那是我根据自己对小学或者中学同学的印象在头脑中形成的虚构面孔。每当那时，我就会翻开相册试图确认。可记忆当中的那个面孔，与同学当中的任何一个人都不相像。不用说，那也不是街坊的孩子，更不是在电视或者杂志上见到过的模特儿或明星的面孔。

那张面孔和任何人都不相像。

声音也是一样。

我从未听到过那个声音。噢——也许听到过，但和以前听到过的任何人的声音都不相同。我想不出它像哪个人的声音。

这一点我可以肯定。

那张面孔不像任何人的面孔，那个声音也不像任何人的声音。

然而，能够肯定的似乎也只有这些。除此之外的一切都已经模糊不清，没有一样是清晰的。这就等于说，具体的事情我都没能记住。正因如此，我才会说她和任何人长得都不一样。如果记得清楚的话，那么即便有些不同，我也会说——好像长得和某人相似。

所以，现在想起来，或许那真的只是一个梦。

但我更强烈地感觉到，那不可能是梦。

我之所以有如此强烈的感觉，就是因为那残留在脸颊上的榻榻米的寒冷触感。

既然存在着与现实的记忆如此共通的部分，那么就很难认为那只是一个梦。同时，那也不是只有一次的记忆。如果是梦的话，应该只有一次。

在一段时期内，这一感觉被多次记忆。

就是说，我曾经多次看见过那个面孔，甚至还听到了那个声音。

比如说，在记忆当中——好像去年还见到过，上一次曾经是这样的，在那之前是那样的——诸如此类的记忆确实存在。最初是什么时候已经记不清楚了，但我每年至少见到过一次那张面孔。

非常怀念。

以至让人伤感。

就像回忆起死去的家人般令人怀念。

与此同时，又极其可怕。

我的外婆有许多兄弟姐妹，她是家里的长女。每年，外婆家的全家人都要聚集在外婆的娘家——也就是外婆的大哥，我的舅公家一次。

这已经成了惯例。团聚的日期不固定，大概是在每年的年底。如果要赶在年底或者元旦之前各自返回的话，那么就只能是在圣诞节前后的三四天内，就是说——在寒假期间。

之所以要避开过年，大概是外婆家女人多的缘故吧。外婆家的人很团结，几乎不存在大家族里经常发生的小家庭之间的争执，兄弟关系也很融洽。同时，那又是一个旧式家族，按照规矩，女人一定要在婆婆家过年。因此，外婆和她的姐妹们在年底前都要回到婆婆家，兄弟们则留下来在老家过年。

我从出生到长大的十几年时间里，每年外婆或父母都会带着我来舅公家一次，在那里住上几天。上小学以后，也会在寒假期间来这里玩儿，只是父亲由于工作的关系，很多年没有一起过来了。

外婆娘家的房子，是一座非常宏伟的日式建筑。

那是一个富豪家庭。不，那曾经是一个富豪家庭。

富豪的存在相对现实地为人们所认知，大约是在昭和中期以前。至少在我的记忆当中是这样。当然，就算是现在也有一些大的农户，但是他们却不能够被称为富豪。他们可能占有大量的土地，持有大量的财富，或者拥有巨大的生产量，但是我认为那也仅此而已，他们与通常所说的富豪相距甚远。当我还是幼儿的时候，就已经开始这样想了。

外婆的娘家，从这个意义上来说，的确是一个旧时代的富豪家庭。

旧时代富豪的家，古老而庞大。

有前庭、中院和后院。有宽敞的地板间和榻榻米间，也有地炉和土屋。前院的墙外是稻田，而后院的背面是假山。门厅宽阔，我还清楚地记得，宽阔的门厅里经常摆满客人的鞋子。

在这古老的大家族里，聚集了众多的远近亲戚。我至今也弄不清楚他们聚集在一起都做了些什么。可能是举办了一些法事活动，不过我却不记得曾经见过僧侣的身影。

上了年纪的兄弟姐妹带着各自的家眷会聚一堂，人数可想而知。光是小孩儿就有十五六人之多。

到底聚集了多少人，这在当时根本无法弄清楚，而事到如今则更不得而知。

长大以后，我也曾问起过母亲当时究竟聚集了多少人，但得到的答复是，从来没有数过。翻开当时的照片进行确认，聚集人数最多的照片上有四十六人。不过，并不是每年都会合影留念，而且每张照片上的人都有所不同。因此，很难确定准确的人数，但估计每年都会有这么多的人到场。

将照片按年代顺序排列，会看到幼儿逐渐成长为儿童，乃至少男少女，不久又变成了男女青年。相反，成年人则日趋衰老，你会发现每一次都会有一两个人从照片当中消失。

其中有些人我至今还能够记得。

有些人则完全没有印象。

有些亲戚，我只记得他们年轻时的相貌，有些人则只记得他们晚年的模样。外婆大哥的女儿，就是我母亲的表妹，年龄与外婆相比更接近母亲，但我却一直叫她奶奶。记忆当中，她就像是个老太婆。但在我小时候她抱着我照的照片上，她却

冬 35

显得很年轻。而外婆的小弟弟，我则一直叫他哥哥，可照片当中怎么看都是个中年男子。

真是不可思议。

我的表兄弟们——就是从前的那些孩子们——也都一样。有些只有中学时的印象，有些则只留下了幼儿时的感觉。有些人只记得大家曾经在一起玩耍，也有些人却留下了两个人单独的回忆。有些人并不十分亲近，却记住了对方的名字。有些人清楚地记得曾经在一起玩耍，却怎么也想不起对方的名字。

实在是让人感到不可思议。

从中学毕业以后，那些孩子们就不再参加这种聚会了。因此，在照片上便找不到这些所谓的年轻人——高中生或者大学生——的身影。

我也是一样，上了高中以后就不再去那里了。之后的一段时间，妈妈和外婆也曾两个人一起去，但外婆去世以后是什么情况，我就记不太清了。

总之，可以同时留宿如此众多的来客，可见外婆家房子之宽敞。

话虽这么说，我却从来没有俯瞰过外婆家的房子，因而不可能掌握它的整体情况。更何况我又没有平面图，所以根本不可能知道房间数目、房间大小以及占地面积。

外婆家房子面积之大，对于生活在狭窄空间的城里人来说，简直无法想象。他们甚至无法相信那里面竟然只住着一户人家。

或许是因为小孩子人小的缘故，当时的我感觉那所房子尤其宽大。

无论是走廊还是房间，一切都很大，感觉非常的宽阔。

天花板似乎比天还要高，看起来就像大的体育馆。

可是，即使置身于这种与身高毫不相称的环境之中，看到和碰到的东西也都还在触手可及之处。

除了记得房子大以外，我几乎忘记了门厅是什么样子，但是却能够想得起来入口处那木制台阶的油黑木纹。雪见拉窗[1]玻璃上那透花雕刻的渔夫泛舟图，还有形状特异的茶具柜里摆放着的黑褐色茶托，这些旧时的记忆让我终生难忘。

然而，据说那所房子在十年前被拆掉了。

历经两代，二次易主，很可能是产生了继承税的问题。听说在那里重新盖了一座相对较大的房子，土地则是分割出售，现在盖起了公寓，稻田也不见了。

房子被拆除的同时，亲戚们的聚会也随之停止了。

最后一次亲戚聚会，大概是在外婆小弟弟的葬礼上。那时，外婆的兄弟姐妹们都已经先后被列入了死亡簿。从那以后，即使家族中有人发生不幸，年轻人也不会都来参加了。

说是年轻人——从我算起最年轻的也已经是三十多岁了。

---

[1] 下半部分嵌玻璃的格状纸门，多见于日本关东地区。

冬

那个时候曾经在一起的孩子们，现在已经完全断绝了往来。至于他们的孩子，更是彼此都从未见过面。

这些便是我关于从前那个庞大宅院的回忆。

日式房屋非常寒冷，尽管具有优越的吸湿性能，但无论从材料上还是从结构上看，保温性能都算不上出色。

房子大了尤其寒冷。

即使每个房间都安装上取暖设备，也很难保证整个房子暖和起来。

走廊和大客厅永远是那么寒冷，正所谓冰冷刺骨。

对于只有冬天才来到这里的我来说，记忆中外婆的娘家总是很冷很冷，就像是进入了数九寒冬。

在冬季冰冷刺骨的房间里，聚集了近十户人家。

一下子来了那么多人住宿，想来一定是一片喧嚣。然而在我的印象当中，冬季的聚会却是异常的寂静。

只有冬季的稻田里刮来的西北风的呼啸声。

还有远处传来的小溪的潺潺流水声。

偶尔也可以听到雪花的飘落声。

人们经常会说——雪花嘶嘶飘落。实际上，雪花飘落并不会发出声音，而外婆娘家所在地区也不会有下雪下到大雪封门的情况发生。可是，拍打窗子的白色雪花，的确在我幼小的心灵当中发出了悦耳的声音。

换句话说，周围曾经是一片寂静。

可话虽这么说，那么多小孩子在一起，玩耍起来也一定吵闹得厉害。

捉迷藏、摔跤、过家家……

在房间里和院子里，孩子们做着各种各样的游戏。

大客厅里有一台大电视机，孩子们也曾聚集在电视机前玩耍。

打扑克，玩纸牌，还玩其他一些叫不上名字的游戏。

我的年纪是倒数第二小的。记得还有一个抱在怀里的婴儿，所以我应该是第二小的没错。那个婴儿也在不知不觉中慢慢长大，开始跟我们一起玩耍。我已经记不得他的名字，只记得他灵活得像只小猴子。

那——是快乐的童年。

我只记得——每年都在盼望着去外婆的娘家。因为每年只有一次，所以一进入秋天就开始翘首盼望着冬天的到来。似乎与平日不同，和那些大孩子们在一起玩耍另有一番乐趣。

至少到小学三四年级以前，我都很期盼去外婆的娘家。

住在外婆家期间并非整天只是玩耍，也并非只有和亲戚的孩子们在一起玩耍才是唯一的乐趣。

由于聚会的日期并没有特别的规定，所以每个家庭到达的日期和离开的日期也都各不相同。有的家庭早到达一天，有的家庭晚离开一天，而且每年都不一样。没有其他孩子的时候，或者是玩累了、玩腻了的时候，我总是会去一个地方。

那里是我特别喜欢去的地方。

那个地方在这座大房子的一个角落里，我认为那是最偏僻的一个小房间。

其他房间都非常大，就是再小的房间我想也有十张榻榻米以上那么大。如果把隔扇打开，房间就会要多大有多大。从一开始就是这样设计的。可是，那个小房间却与众不同。

那里可能——只有六张榻榻米大小。

它位于长长的走廊的尽头，不知道是做什么用的，只觉得那是一间库房或者储藏室——现在想起来，或许只是一间茶室。

不过，里面并没有摆放泡茶的设备。

与其他房间不同，这个房间除了入口处的隔扇以外，其他三面都是土墙。其余什么都没有，既没有壁龛也没有壁柜。

一扇小窗户，一个小药柜，还有一个长衣橱似的东西。

是一间没有一点儿情趣、再普通不过的和室。

如果硬要说什么地方有点特殊的话——

那就是，在房间角落处的墙壁上开了一个洞。

不知道是老鼠嗑的，还是孩子们恶作剧挖开的，土墙下面与护墙板连接的部分已经脱落，形成了一个三角形的洞。

洞里一片漆黑。

说是一片漆黑，里面却并没有多少空间——或许是这样。

土墙的背后应该连接着隔壁的房间，但那个洞并没有像隧道一样把土墙贯穿。我一点儿也不记得——或者说我根本就不知道隔壁是什么房间。如果土墙被贯穿,里面一定会有亮光。因为土墙并不很厚。

没有被贯穿,所以可能只是墙坯脱落罢了。

因此,说土墙上出现了一个洞——或许并不准确,那仅仅是土墙上的墙坯脱落而已。

可是,小时候的我认为那是个洞,所以才把它叫作洞。

——有洞的房间。

我非常喜欢那个有洞的房间。

那个有洞的房间,既没有阳光照射,通风也不好。

但是不知道为什么,里面总是被打扫得干干净净,榻榻米总是像刚换过似的青油油的。或许是经常有人更换的缘故,抑或就像榻榻米被家具遮住的部分总是保持着翠绿一样,因为没受到太阳光的照射,所以不会褪色吧。我看这个房间并不经常被使用,所以后者的可能性非常大。

一打开隔扇,榻榻米的气味就会迎面扑来,房间里充满了蔺草的香味。

接下来就是一阵透心的凉意。因为没有暖气,所以也没有人住。

我是在几岁的时候发现这个有洞的房间的呢?

我努力地挖掘着旧时的记忆,却怎么也回忆不起来。

但是对照着其他记忆,我发现自己在上小学三年级的时候就已经开始出入那个房间了。

我还记得，大家模仿着当年电视里的探险节目，孩子们在各个房间里四处奔跑。

那时我们一边大声叫喊着，一边在走廊里跑来跑去……

也跑进了那个有洞的房间。

——这是什么房间？

——这么小！

——味道好难闻。

——这里有个洞。

因为这是个有洞的房间啊。

我这么回答道。

——这是什么洞？

——墙坯都掉了呀！

——是老鼠洞吗？

——怎么会是老鼠洞啊？

我知道这个洞。那个时候，只有我一个人知道这个房间。

后来查了一下才知道，我们模仿的电视节目播放的时间，恰好是从我上小学三年级的春天到第二年春天的一年之间。那个节目虽然很受欢迎，但也只是风靡一时，节目播放结束之后，观众们的热情也立刻随之降了下来。

第二年，我们又重新沉浸在了另一部动画片当中。

不会错的，我跑进那个房间就是在那一年。那个时候我就已经很熟悉那个房间了。

在那个时候……

我在那之前就知道那里了。

一定是上小学以前就进过那里。

在大人们无聊的酒席期间。

在一个人早早醒来的清晨。

在无所事事的午后的闲暇时间。

在不愿意和其他孩子们在一起的时候，我便一个人默默地离开人群，钻进那个有洞的房间，度过一段秘密的时光。

里面空空如也，甚至没有暖气。那是一间寒冷而煞风景的房间。

可是，只有我去过那个房间。

那是只属于我一个人的房间。

尽管如此，我却并没有把它当成自己一个人的房间。我只是把它当成了一个类似所谓秘密基地那样的特殊场所。

只属于我一个人的秘密基地。

我并不是喜欢独来独往，但有的时候也会希望离开大家单独行动。我就是这种性格。

即使是现在，有时也还会有这种冲动，只是不像过去那么强烈了。

小的时候这种倾向更加严重。我既不认生，性格也不内向；既喜欢和大家在一起吵吵闹闹，也喜欢几个人静静地做游

冬　43

戏。这些都成了我童年愉快的回忆。从这个意义上来说，我是一个极其普通的孩子。不过，那和这件事情完全是两码事。毫无疑问，孩童时代单独一人的时间，是真正无可替代的最美好的时光。

没有任何目的，独自一人。

或者沉湎于幻想。

或者绘画。

或者看漫画。

我喜欢这样做。这看起来并不是什么有创造性的行为，所以它不可能给我带来任何成果或者任何变化。

然而，它却让我难以忘怀。

现在回想起来，我感觉那似乎是一段异常浓密的时间。

虽然我已经不再绘画，但三十多岁的现在，我还是会看些漫画。我看起漫画来依然会感到有乐趣。只是，似乎与孩童的时候，在那种浓密的时间里所感受到的愉悦完全不同了。

为了找回孩童时的那种愉悦，我曾经特地从旧书店买回了过去读过的漫画。可是，那虽然勾起了我的思念，并且也找回了一些乐趣，但似乎仍然感觉不一样。好像乐趣的本质发生了变化，或者是集中能力出现了问题，抑或不仅仅如此。

或许，已经再也不可能重新体验到孩童时的那种感受了。或许，已经再也不可能重新找回那段难得的浓密的时间了，我经常这样想。每当我回想起过去，就会感到无限伤感。时光一去不复返，回想起来甚至让人伤心落泪。

无限的伤感。

这同时也引起了我无限的回忆。

我回忆起那时的情景。例如，夏天我都做了些什么？在什么地方，什么样的环境下，怎样的一种状态，什么样的姿势，做着什么事情？在春天，在秋天，再有就是……

在冬天。

冬天，榻榻米的香气让我回想起许多往事。是的，即使现在仍然如此。

寒冷的气温和那股香气总会引起我的联想。天气一冷，我的鼻孔就像产生幻觉一样，开始嗅到榻榻米的气味。只要嗅到榻榻米的气味，即使天气不冷，也会让我感到阵阵凉意。

那，或许就是我对那个墙上有洞的房间的记忆。

我曾经独自一人坐在那个寒冷的、不太明亮的房间里。

或者沉湎于幻想。

或者绘画。

或者看漫画。

在那里——我曾经独自一人度过一段时间。

或许是在那里看漫画？我已经想不起来是什么漫画了。最初是从什么时候开始的也想不起来了，所以也不能确定看的是什么漫画。记得那时已经可以认字，可能是上小学以后吧。

我拿着一本书坐在榻榻米上。

冬　45

然后便趴了下来。

最后索性躺在了那里。

我有一个毛病，一旦看漫画入了迷，就会一骨碌躺在榻榻米上，经常会是右侧朝下躺着看书。

直到如今，我依然会以这种姿势读书。所以，我总是会在沙发上或者床上读书。

我一直都是这样，或许是从小养成的习惯。

那个房间里，既没有枕头，也没有可以代替枕头的坐垫。我随意地躺在那里，右脸颊贴在榻榻米上，翻阅着漫画。没错，就是这样。

就在那没有一点儿热气的、冬天冰冷刺骨的小屋子里。

我把右脸颊紧紧地贴在那青翠冰凉的榻榻米上，度过了自己浓密的时间。我深深地吸一口蔺草独特的香气，独自一人度过了自己的欢乐时光。

一定就是这样。

年复一年。

从我懂事之前开始，持续了数年的时间。

每到冬天，我便重复地做着同一件事情。

晚上或许也点起了荧光灯，不过我却不记得有过夜晚。那个房间，总是朦朦胧胧、昏昏沉沉的。

只有一扇窗户。

白天不点灯，只有从那扇窗户进来的光线。

就是说，我总是背朝着窗户躺在榻榻米上，否则的话，没有光线根本无法看书。或许不会始终只是一个姿势，但看书看到入迷的时候一定就是那个姿势。

或许是看完了一本书，或许是看到一半想起了别的事情，抑或是看腻了，我便将目光从漫画转向其他地方。

透过漫画书，我注视着正前方。

那里开了一个三角形的洞。就在墙的侧面，开了一个黑洞。

那黑洞就出现在我的眼前。

恰好隔着一张榻榻米的距离，也就是半间[1]屋子远的地方，我看到了一个洞，是一个三角形的洞。

可是，本来应当很黑的洞，却并不那么黑。

在洞的另一侧，我看到了一张面孔。

那是一张谁都不像的面孔。

那张面孔同样横躺着，和我相反——左脸颊贴在榻榻米上，双眼望着我。洞口并不大，只能看得到对方的脸颊。我思忖着——或许是什么人和我一样也躺在对面的房间里，正在看着我。

除此以外，没有别的可能了，连小孩子也会这么想。

当时我也是这样想的。

---

[1] 一间为榻榻米长边的长度，约180厘米。

冬　47

或许并没有想得那么多。

从洞口里正好露出对方的脸颊。

因为洞口是三角形的,所以右眼以上和右脸颊以下看不到。

——那是个女孩儿。

那时,我似乎这样感觉。我隐隐约约地记得,我在看到那张脸庞时完全没有在意,将视线重新转到了漫画上,继续埋头于书中。

当时我并没有感觉到奇怪或者不可思议。

——应该是个什么人吧。

没错,我只想到了这些。因为当时来了许多小孩儿。如果那是在小学一年级的时候,那么当时我不可能将亲戚家小孩儿的面孔和他们的名字全都记住。当时的我并不知道哪个孩子是谁家的。

那时我似乎在想——我可以在这边躺在榻榻米上望着洞口,那么另一边同样有一个孩子望着洞口,这看起来并没有什么好奇怪的。

无论怎样,当时我并没有感觉到害怕或者奇怪。

有据为证。

这件事情我对任何人都没有说过。

并且,我曾经不止一次地见到过那张面孔。连续几年时间,这种事情反复出现,然而我却并没有大惊小怪。三年级的时候，和许多孩子一起进到那个房间那次，关于那张面孔的事情我也只字未提。

所以，长久以来，对于那张面孔，对于她的存在，我并未抱有什么特殊的感情。与其说我接受了她的存在，倒不如说我采取了视而不见的态度。

事实是——我已经忘记了她的存在。

不，我并没有忘记。

我记得她，只是那个记忆完全没有浮现在意识的表层。

即使是在有所意识的此时此刻，她依旧如此遥远。

像梦幻一样遥远。

或许是错觉、是误会、是幻影、是谎言、是空想，总之她让人感到如此遥远。

尽管她如此遥远，可那并非是错觉、误会、幻影、谎言、空想。

我，曾经说过一次话。

曾经对着那个面孔说过一次话。

对着那个谁都不像的面孔。

并且听到了那个不太熟悉的声音。

我和她说了些什么？

谈论了些什么事情？

是在什么时候和她说的话？

那张面孔，那个女孩儿她到底是谁？

冬　49

她，面无表情。

年龄嘛——小的时候觉得她似乎和我差不多大。

或许就是那样。

或许并不是那样。

说起来，那个女孩儿也在和我一起成长吗？

我并没有这样的感觉。

她——始终是个孩子。

噢，我也曾经是个孩子。

小学一年级和中学三年级的我完全不同，可她却始终是同一个样子。

年复一年。

冬天，我在那个冰冷的房间里，闻着蔺草的香气，将右脸颊贴在榻榻米上，看着她的脸庞。

——不。

不是看着她，或许应当说见到了她。

我曾不止一次地见到过她。

她总是会在那里。

不，准确地说，我也不知道她是否总是会在那里。我并非一年到头都能去那个房间。

只有冬天的一段时期，也就几天的时间，况且还不是整天都在那里。

有的年份我只去了那个房间一次，有的年份则去了那里无数次。有时只待上五分钟,有时却可以待上数个小时。所以说,我并不知道在这以外的时间里,她是否也在洞的另一端。即使在,我也不知道她是否望着洞口。

可是,我却无数次地见到过她。

站着的时候看不见她的面孔,坐着的时候也看不见,趴在地上窥视依然看不见。但是,每当我把右脸颊贴在榻榻米上时,就一定能够看见她。不过,只要我改变一下姿势,就什么也看不见了。或许是角度的问题,也可能是我一动她就缩回去的缘故。

不知为何,我从来都不把左脸颊贴在榻榻米上看。

她面无表情。

但是,她的确就在那里。

只要你伸出手,便可以触摸到。

她的眼睛、鼻子、嘴,都可以触摸到。无疑,那不是玩偶,是真正的人的面孔。

是人,是小孩儿,是女孩儿的面孔——是一个不曾与我相识的女孩儿的面孔。

不可能。

那是不可能的事情。

墙洞并没有贯通,也不可能是魔术什么的把戏。那不是一张薄薄的照片或者图画。她的确就在那里,的的确确。

我是什么时候和她分开的?如果是从小学一年级开始遇

冬　51

到她，那么最后一次见到她是在什么时候？

无论如何，这些我都回想不起来了。

——那个声音。

那个不太熟悉的声音究竟是怎么一回事？我和她说了些什么？

无论如何，我都回想不起来了。那声音，的确存在于遥远的回忆之中——我只记得她的声音。

我思索着。

自从上了高中以后，我就没有去过那个家。

就是说，中学三年级的冬天曾经去过，那是最后一次参加亲戚的聚会。那之后，记得也曾去过几次那个家，但我却没有进入那个房间。

中学三年级，虽然不是大人，但也不是小孩子了，已经有了判断能力。

在那个年龄见到了那种不可能的事情。

难道会什么感觉都没有吗？

更何况是自己经历的事情。我真的不明白，那时的我究竟是孩子还是大人？究竟从什么时候起，我开始失去了那浓密的时间？我思索着。

是的，那个时候升学考试弄得我焦头烂额。

中学三年级的寒假，似乎一天都没有好好度过。我放弃了休假，一心准备复习考试。所以——我没有去过那个房间。

那个时候，我已经失去了浓密的快乐的时间。那么，前一年又是怎样的情景？

中学二年级的冬天——我想起来了，那年我发烧，一直卧床不起。一到那个家我就开始发高烧，逗留期间一直躺在床上。所以我也没有去那个房间。那么……

中学一年级的寒假？

是的。

那是平安夜的前一天。

十二月二十三日，那天我去了外婆的娘家。父亲留在家里，我和母亲、外婆三个人一起去了外婆的娘家。

那时……

是的，我想起来了。

那一次，我对她的面孔——对她的存在感到了极端的惊诧。遇到这种事情，我甚至对自己表示出极大的怀疑。那是不可能的。丝毫没有道理。我曾经想到，或许是自己的精神出了问题。这种烦恼，我无法对别人讲述。事到如今，就越发难以启齿。因此，我感到了极大的不安。在此之前，我曾毫不怀疑地接受了这一切。对于自己以往的愚昧，我甚至感到羞愧。

记得当时就是那样。

我去了。是的，没错，我去了那个房间。

为了确认自己心中的不安，我进到了那个房间里。

然后，我看到了墙上的洞。那时我才知道，那个洞并没有通向隔壁的房间，只是墙的表面脱落。我靠近洞口仔细观察，发现的确可以看到墙壁表面脱落后露出的墙面。

简直太荒唐了，我想。

我感觉那完全是幻觉，是妄想。

认真确认了之后，我甚至觉得自己重新恢复了正常。

随后，我躺在了榻榻米上。

右半身朝下。

右脸颊贴在榻榻米上。

我吸了一口蔺草的香气。

好冷！啊，到底是冬天呀！接着，我看到了一张面孔。

我就像当头挨了一棒似的，感到了强烈的冲击。接下来，我对着那张面孔看得出了神。像是被迷住了一样。

我从三角形的洞口里看到，一个不曾与我相识的女孩儿，正横躺在那里。

她就在那里。

难道不是吗？

不知道过了多久。

"你是谁？"我这样问道。

她，很久以来一直保持着沉默。

"你要是讲话，我就会离开。"

她用我从未听到过的声音回答道。

好可怕！

好可怕!

我把那张不像任何人的面孔赶了出去。

赶到了很远很远的地方。

我不会再见到她了。

即使是在冬天。

风之桥

不过桥，便到不了那里。

过桥时，要像风一样疾驰。不能讲话，彼此交会时不能互相张望，听到有人说话也不能理会。只能低着头，两眼注视着自己脚趾的前端，任凭左右双脚前后交替，直到过完桥为止，一味地像风一样疾驰。

这是规矩。

我不记得还有其他的规矩了。

我甚至不知道是否还有其他规矩。

但是我只能这样做，因为这是规矩。

二十多年以前，我曾经走过那座桥。

我记得是那样。

没错，我一定走过那座桥。

那时的我还是个孩子，记得只有两三岁，已经学会了走路，学会了说话，只是还没有完全长大成人。

祖母牵着我的手。

祖母的手总是比平时牵得更紧。平时——是指什么时候?

说起平时,我也无法确定是与何时相比,才令我有这种感觉。

我清楚地记得,那只干枯了的手掌,紧紧地握着我的手。

除此之外的记忆,很难说是真实的体验。

或许可以说,是通过学习得到的追加体验吧。

至于说什么时候去的那座桥,为什么要去,那座桥在哪里,这些都已经忘得一干二净了。长久以来,我一直将这一记忆丢在脑后,并没有给予足够的重视。

那是一段断断续续的记忆,就像老旧的幻灯片所提供的视觉信息那般。

模糊不清的景色。

栏杆。

雕刻装饰。

加上原本是浅茶色,却显得黑乎乎的桥面。

还有祖母说的话。

——到对岸之前,

——不许讲话。

——到对岸之前,

——只能听着。

——只能听着,

——不许回答。

祖母的话，伴随着那让人怀念的声音，在我的头脑中留下了支离破碎的记忆。

但是我却始终不知道，祖母究竟是在什么情况下说的这些话，我又是如何听到这些声音的。

每当我想起祖母时，这些声音就会断断续续地浮现在我的意识表层，但我却并没有留意过那到底是什么，或者曾经是怎样的。

手掌的触感。

和古老的景色。

加上祖母的话。

就在前不久，这些在我的体内构成了一组新的记忆。

那座桥，已被载入民俗史料。

说是民俗史料，其实也并不是什么了不起的东西。

那是一本不足五十页、装订粗糙的薄薄的小册子。

大概是自费出版，底页上并没有记载出版商的名称，印刷和装帧都很简陋。

上面并没有标明价格，所以估计并不是在书店销售的所谓商业出版物。硬要说的话，或许更接近纪要、论文之类的节选。不过这只是我个人的感觉，或许那的确是简易装订本，但应该并非论文节选之类的。

作者是——猪俣功次郎。

头衔是文学博士。但我孤陋寡闻，并没有听说过这个名字。

既没有前言也没有后记，也没有关于出版物种类的说明。

当然，出版发行之前的经过完全不得而知。

底页上只记载了作者的住址。但是，如此明确的个人资料当中，不要说作者的出生年月日了，甚至连人物简介都没有记载。

读者唯一能够从中得到的信息，便是此书发行于大正八年七月十日。

书名是《劫之滨附近祭祀俗信》。

所谓的劫之滨，是县北边的一个小渔村。

说是渔村，其实只是出版当时的事情，随着捕鱼量的锐减，现在该地区的渔业生产已经完全停滞。

并且，那个地方现在根本就没有什么村庄。

根据现在的门牌地址，劫之滨应当属于浜田町六丁目至七丁目一带的地区。

浜田町，是我出生并长大的村镇——平河町邻近的村镇。虽说是邻近，但它们中间还隔了一座山，并不像想象的那样近。乘车需要四五十分钟。其实，平河町本身远离市区，在其他地区的人眼里，浜田町和平河町就是一个地区。地图上两个地区紧密相连，常被统称为平河浜田地区。总而言之——劫之滨就是我出生地的地名。

尽管如此，起初我却完全不知道劫之滨在什么地方。

浜田町,是二十年前由乡田村、山川町和乡浜村合并而成的村镇。合并之后,三个町村名随之消失,所有地方统一称作浜田町多少丁目。街道名称一律不另加村名,以门牌号码结束。地图上也不另加其他地名。

浜田町的靠海一侧——旧乡浜村,就是过去的劫之滨。

实际上,附近的人们至今仍叫它"乡浜"[1]。

这么说来,好像我以前也是这么称呼的。尽管如此,那却并非正式的名称,而是所谓的俗称。

当地没有任何标志,我又没有机会写这个地名,很长时间以来,我竟然不知道应当写哪两个字。长大以后我才发现,那就是旧村名的"乡浜"。可是它却与劫之滨的汉字不同。在此之前,我一直坚持认为那并非村落的名称,而是海岸的名称。

那里有一小块可以洗海水浴的沙滩。

上小学的时候,母亲曾经带着我去过那里一次。上中学和高中的时候也曾经和朋友们去过多次。

记得那里只有一间小屋子。

话虽这么说,乡浜并非旅游胜地。夏天多少还算是热闹,但去那里的也只有附近的村民。所有渔民都不再经营捕鱼业,淡季时几乎见不到人影。偶尔也会看到有人钓鱼,但是由于住宿条件差,交通又不方便,所以很少有人去。那里人口稀少,

---

[1] 劫之滨的日文发音为 gounohama,乡浜为 gouhama。

如果不是和其他地方合并，或许整个村子都荒废了。

十年前，当我还住在隔壁村子时，乡浜附近就已经非常冷清了。

当我知道乡浜就是过去的劫之滨之后——那本古老破旧的小册子，对我来说多少开始具有了特殊的意义。

我读了读那本小册子。

书中分门别类地介绍了劫之滨的神社及祠堂、石碑、史迹，记录了与此相关的祭祀活动、口述历史及民间传说、传闻，以及所谓的迷信言论等。其中还登载了数张当时的照片，尽管并不十分清晰，但也还具有一定的史料价值。

对作者猪俣本人，我也进行了一番调查。尽管头衔是文学博士，但他好像并没有担任过大学教授，也没有发表过其他论著，在中央[1]也没有记录。说是研究人员，看来不过是一名在野的乡间历史学者。

我按照书中记载的地址进行了调查。由此得知——猪俣似乎曾经在县南的一所中学教过书。可最终结果是，虽然在同一时期曾经存在过同名同姓之人，但却无法证明那个人就是此书的作者。

说他似乎曾经教过书，原因就在于此。曾经身为中学教师的猪俣氏已于昭和三年，六十二岁时去世。他没有亲人，不

---

1 即东京、大阪等大城市里的大学或者研究所。

要说他的为人秉性，就连他的详细经历也都已经无从了解。

如果两者是同一个人，那么那本小册子出版时，作者应当是五十三岁。

邀请专门研究民俗学的朋友鉴定之后得知，根据出版年代判断，据说——原稿可能是为《乡土研究》杂志而撰写的。

《乡土研究》是由日本民俗学的倡导者柳田国男[1]创办，并担任责任编辑的杂志，由遍布在全国各地的会员供稿，是所谓的同人杂志。

关于民俗学，我是个门外汉，但是对这部杂志还是略知一二的。《乡土研究》后来成为民俗学这门学科的专业杂志，而它在发展的过程当中，曾经进行了各种各样的探讨。

当时，柳田还未就日本民俗学的发展确立起一套完整的理论依据。

柳田曾经担任乡土会的干事，而乡土会的监护人便是农学家新渡户稻造[2]。柳田本人也曾攻读农政学，并且作为学者被社会广泛认知。

从这一事实可以看出，最初的《乡土研究》绝不是一部狭

---

[1] 柳田国男（1875—1962），民俗学者，在日本列岛及当时日本殖民地旅行调查，开创、确立日本民俗学，是日本从事民俗学田野调查第一人，被称为日本民俗学之父。著有《远野物语》等作品。

[2] 新渡户稻造（1862—1933），农学家、教育家，曾任国际联盟副事务长、第一高等学校（现东京大学前身之一）校长，也是东京女子大学创立者。著有《武士道——日本人的精神》《修养》等书。

义的民俗学研究杂志。它很有可能汲取了内村鉴三[1]的《地人论》流派的乡土学研究路线，而这一乡土学则是从农政学、地理学的角度研究地方政治、经济、历史的学问。

据说，与柳田交往密切的著名学者南方熊楠[2]曾经致函柳田，主张应当从讨论产业、经济等地方制度的现状着手研究。

我的研究方向是近代地方经济史。如果熊楠的提议得到采纳，《乡土研究》对我的研究也将起到重要的作用。然而，熊楠的意见却遭到了拒绝。

结果，《乡土研究》成为构筑日本民俗学基础的有效尝试。柳田提倡的新学科，收集了大量的地方文物习俗，并以此来考察这个国家独特的风土文化的形成，是一门自我反省的学科。

赞成这一主张的全国各地有识之士，将各自所在地区的各种风土人情整理成报告，并积极协助撰稿。

据悉，很可能那位猪俣也是资料提供者之一。尽管不清楚他和柳田国男之间的关系，但是根据观察，或许这一猜测也八九不离十。

对比阅读之后发现，猪俣氏的著作和《乡土研究》的内容、文体结构十分相似。即使猪俣氏不是会员，至少他也得到了启

---

[1] 内村鉴三（1861—1930），日本作家，基督教思想家。就读于札幌农校时信教，提倡独特的无教会主义。
[2] 南方熊楠（1867—1941），日本近代菌类方面的生物学家、民俗学者，在生物学、民俗学、人类学、考古学、社会学、文学等领域均有建树，是知名的博学强记的奇才。

发。毫无疑问，猪俣氏一定受到了《乡土研究》的影响。

但是，《乡土研究》杂志于大正六年停刊了。

好不容易整理出来的稿件无处可投，无法发表，无奈只好自费出版——我的一位熟悉之人表达了这种看法。

这些稿件除了一部分有幸经柳田国男之手得以出版之外，多数则由当地的大学或者民俗学会、乡土研究会等出版发行，勉强问世。不过我居住的那个县，对于乡土历史或者民俗的研究似乎并无多少热情。据说——过去几乎没有研究会或者学会之类的团体。

是的，至今仍然没有。

民俗志、乡土资料之类的文献非常匮乏，内容也很平淡。也没有编纂出版县史、市史、町史之类的资料。我对所谓的县民性格并不十分在意，但这一点却是事实。似乎——所有人都对自己的乡土历史不感兴趣。或许猪俣氏的时代就是如此，大概他也只有自费出版这一条路了。

自费出版的话，发行册数和发行对象都不很清楚。多数情况下也不会被国会图书馆收藏。

这样看来，要说《劫之滨附近祭祀俗信》一书是珍本，或许也算是吧。

我在市史编纂室找到了这一珍本。

说是编纂室，其实不过是镇政府角落里的一个布满灰尘的房间。那房间很大，但有一半是仓库——或者说是储藏室。

噢，那里本来就是个储藏室。

据说五年前，在重新翻修老旧办公楼时，发现了好几箱古文献记录的档案资料，堆在一起像一座小山。

听说原本打算处理掉，只是后来有人提出，或许里面还有一些有价值的东西，于是它们才得以暂时保留了下来。

我觉得这还算是明智的做法，但也许只是出于谨慎而已。毕竟有人指出了其中的价值，或许并非是学术意义，而是看中了其古董收藏价值。如果是这样的话，便很难说有远大的志向。

正如刚才所说，如果考虑到对此并非热心的县民性格，或许后者的可能性极高。

即使如此，旧的资料总算保存了下来。

其实，只是当时没有把那些档案资料处理掉而已。

整理资料需要人手，也需要时间，还需要场所，也就是说需要花钱。在当时财政紧缩的情况下，要想拿出这笔预算似乎显得不太可能。

那些资料竟然在储藏室里沉睡了两年之久。

大约三年前，在一名退休职员的号召下，几位对乡土历史感兴趣的人联合在一起，组成了市史编纂委员会。说是委员会，其实并不是什么官方组织，而是集合了一些民间有识之士的团体。每到周末，有空的人就聚集在一起，将箱子里大量的文件取出来加以分类，整理出有用的资料。成员大多已超过六十岁,都是些有兴趣却又没有经验的外行。

镇政府并不给予资金援助,但是他们要做政府也不阻拦。官方对此持一种消极的态度。

我每个月参加一两次这种聚会。

名义上我是市史编纂委员会的顾问,但实际上不过是帮助整理资料,当然也不会从市里得到报酬。我这么做并不是为了挣钱,似乎只是尽自己的一份义务。

我——是受了一位大学时代恩师的委托。

恩师……就算是吧!事到如今也只能这样称呼了。那是一位著名的近代史研究学者。

那个人也出生于这座城市。市史编纂的召集人是他的堂兄弟。委员中有一位是他中学时代的班主任老师。

我是在研讨会上认识他的。我曾经在中央的大学专攻日本历史。

刚才说过,我的研究方向是近代经济史。实话说,我选择经济史也是受到了他的影响。

我在研究生时期主要研究了近代的海运经济。当时也曾到旧式的家族去做调查,整理过成堆的账册。那个时候感到很快活。

我很想留在大学里工作,可愿望没能得以实现。因此,我放弃了做学问的道路。

现在,我在一个县立的小博物馆里做馆员。虽然已经不再从事研究工作了，但是每天仍然像古玩商一样，从早到晚摆弄着古董。尽管博物馆规模较小，也没有那么多的收藏品，但还是有一些古文献资料的。因此，我对这一类古文献资料的整理工作已经非常熟练了。

我年幼便失去了父亲，母亲也于前几年离开了人世。我出生时的房子已经卖掉，早已没有了落脚之地。现在居住的地方，是离工作单位不远的县南地区。除了是我的出生地以外，这一带和我毫无关系。或许这一点让我感到了一缕忧伤。

因此，我才欣然接受了委托。

接到他的电话时，我的眼前一片漆黑。

事到如今，那个人还有什么脸面……

我想着，不，不对！他仍然，他仍然对我……

依恋不舍。

我思忖着。

我……

我曾经追求过他，对他满怀憧憬。我们还发生了关系，从而有了紧密的联系。然而……

我却被对方抛弃了。噢，是我抛弃了他吗？不是！这其中或许并不存在抛弃与被抛弃的问题。在男女关系中，并不存在主从优劣，只能说关系崩溃了。总而言之，我和那个人——我的恩师——的关系最终发生了破裂。

与其说是破裂，还不如说当初就不完整。

凤之桥

那个人有妻子。我们之间，发生了通常所说的外遇关系。

我不想使用外遇这个字眼。可从大学二年级开始，直到研究生即将毕业的这段时间里，我和教授之间的确发生了这种关系。

然而，事情却并不顺利。

本想继续从事研究工作的我，却无法留在大学里。噢，本来可以留下来，也可以转到其他大学继续从事研究工作。

但我已经厌倦了。

所以，我才回到了家乡。我不想继续留在东京，我要从他的身边逃脱出来。

幸好，我被当地的博物馆录用做了一名馆员。可是，回来后不久，母亲就去世了。我没有了家，抛却了以往的记忆——了结了过去一切的一切，开始了孤身一人的新的生活。

虽然没有了那么多的波澜，生活朴素而平淡，但我却十分安定，可不知为何，又产生了一种失落之感。

经过数年之后。

就在这时，他打来了电话。

我感到愤恨、伤感、憎恶、怜悯、遗憾、希望、不安和期待。

我期待着什么呢？

什么都已经无所谓了。我似乎已经失去了理智，开始发生动摇。可是，我的这些僵硬的感情动摇，却没有产生任何意义。那时候的我,就像一个失败了的丑角演员,显得那样滑稽。

他的声音显得既不亲密又不陌生,像是什么事情都不曾发生过一样,平淡,大方,不包含任何感情。那声音只有在大学教授和学生之间的对话当中才可以听得到。过去那一段浓密的时间,仿佛早已荡然无存了。

我只能一边"是""是"地回答着,一边被动地扮演起无能小职员的角色。我还没有演完,对方早已挂断了电话。

顿时,我的脑子里一片空白。但不知怎的,我却拨了他留下的电话号码,还对着电话另一端声音和蔼的老人,亲切地讲起了话。我不知道自己为什么那样做,根本无法理解自己当时的动机。

我不认为自己是在逞强,相反,我感到了一种强烈的挫败感。

我的身体就像被放入了一个铅坠,心情无比沉重。我怀着这种心情,回到了故乡的小镇。噢,镇政府所在地并不是平河町,准确来说,这种表述多少有失偏颇。然而,我当时的心情,就像回到了不复存在的故居那般。

或许——我已经十分厌倦了。

然而,那些聚集在镇政府储藏室的老人,虽不怎么活泼,却都十分爽快。那个既快乐却又并不很开心的、激情早已磨灭的奇妙的聚会,不知为何却始终慰藉着我那颗已经破碎了的心。

或许眼前的景色让我感到了一丝怀念。那种纠缠不休的感情已无生存之机，或许也不失为一件好事。

整天翻阅着落满灰尘、散发着霉味的资料，时间在与行动迟缓的老人们那毫无建设性内容的对话中流逝。加上那没有任何实际意义的热情兴奋的空间，看来史料的整理将会无休止地延续下去。

即使如此，我还是按时来到市史编纂委员会。

几个月过去后，我开始对老人们产生了好感。而那个人的存在，对我来说已毫无价值了，阅读古文献资料也开始变得乐趣多多。

说实话，根本没有发现什么有价值的东西。虽然其中也有几幅卷轴，但全都是有名画卷的摹本，怎么看也不像是江户时代的东西。而且模仿得很粗糙，几乎没有任何史料价值。即使作为美术作品，也不得不说毫无价值。

江户时代的文献多数被蛀虫侵蚀严重，已经很难判读了。

《劫之滨附近祭祀俗信》是在半年前被发现的。

我心想，终于发现了一份值得研究的资料了。我们也实际赶到了现场，按照书中记载的遗址进行了实地考察。在此之前，我还以为那只是一派胡言，都是书中的编造。可是……

现场没有留下任何痕迹。

那个地方我以前去过好几次，不看也知道是什么样，但我还是抱了一线希望。那里既没有佛像也没有祠堂，既没有石雕也没有松柏。附近一片空空荡荡，甚至没有什么人留下任何记忆。唯一留下的一座神社，还是昭和中期被大火烧毁后重建的。

尽管如此，我还是对照着古文献记录，对地理位置进行了判定。由于人口流失，这里并没有实施土地开发，虽然古迹本身已经消失，但整个街道却并没有大面积改造过。

尽管图片不是很清晰，但还是派上了用场。

一百年以前，那个十字路口曾经坐落着一个小祠堂。

战前，那座小山丘上曾经有一棵巨大的松柏。

那个斜坡的下面曾经出现过黑色老太婆的幽灵。

那所房子的后面，曾有鼬鼠升起的火柱[1]。

想起这些，心里也感到了些许平静。我在相同的角度拍摄了一些现在的照片，并拿给老人们看。老人们睁大了眼睛，显得异常兴奋。我也感到非常高兴。诚然，这种调查与市史编纂工作没有任何关系。

可是，有一所遗迹，无论如何也不能判定出准确的地点。

那就是最后一页所记载的"夜话祠堂"。

其他遗迹均有地理位置方面的详细记载，有些还标注了当时的地址门牌，可以很容易判定。可是"夜话祠堂"却没有这样的信息。其中只写着"业之滨"三个字。

---

1 日本民俗将鼬鼠视作一种妖怪。它们在夜里聚集成群，产生火柱，引发火灾。

凰之桥

按照我的判断,"业之滨"是"劫之滨"的误排。

这样一来,相当于没有交代。

旧乡浜村也不曾有过那个祠堂。对整个浜田町进行了一番调查,也没有发现它的存在。或许根本就没有。

不对。

原本是存在的。

我觉得应该有。我知道,那一张不很清晰的照片上的地点,我似乎隐隐约约有印象。

老旧的桥梁。

桥面上铺满了小石子。

被附近的岩石和植物紧紧簇拥着的祠堂。

不知道什么原因,从那张颗粒粗糙、模糊不清、表面像是蒙上了一层雾气的风景照片上,我却异乎寻常地得到了更多的视觉信息。

我非常了解那个地方。因为,我曾经去过那里。

我去过那里。至于什么时候去的、为什么要去,我已经完全不记得了。

模糊不清的景色。栏杆。雕刻装饰。原本是浅茶色,却显得黑乎乎的桥面。

再有就是,祖母那手掌的触感……

这些风景的细节和皮肤的触感,从那张照片当中是感受不到的。

此乃位于业之滨之祠堂。祭神不明。附近有一桥，名曰凨之桥。渡时噤默不言，心中暗念，俯拾圆石，可得已故亲人之遗志云云。然，此乃邪法、外法之类，一生只得渡此桥一回云云。又，若渡桥不过，亦有殒命之危，若执心不专，亦不得复回云云。此乃恶魔之险路也。不知夜话之所指，想必夜语、世语之类。

——到对岸之前，

——不许讲话。

——到对岸之前，

——只能听着。

——只能听着，

——不许回答。

或许——这里就是恶魔之险路。那么，祖母去那里做什么？

而且还带着一个走起路来摇摇晃晃的孩子。到那个不吉利的地方，到底要做什么？那是父亲去世之后的事情吗？

按照记录，父亲去世是在我两岁的时候。

我当然什么也不记得。父亲的样貌、父亲的声音、父亲的气味，我都一无所知。

据说，父亲是自杀。

祖父是渔夫，听说父亲嫌弃家业，年纪轻轻的就离开了家。不知道是在什么地方认识了母亲，听母亲说是为了结婚而重回家乡。母亲告诉我，父亲曾经做过许多工作，但都不顺利，自然跟家里人也不和，最后走投无路，选择了自杀。

父亲死后，我和母亲的生活开始由祖父母照料。因嫌弃家业而背井离乡的儿子，即使死了也很难被饶恕。可对儿媳和孙女却没有那么多的怨恨——似乎就是这样。

虽说如此，却仍不时发生一些争吵。

母亲和祖父母相处得并不融洽。

沉默寡言的祖父暂且不谈，单就祖母来说，她绝对不能和母亲和平共处。

祖母去世前，母亲的脸上从未出现过笑容。

事情就是这样。

祖母是一个非常严厉的人。我每天都受她训斥，有时还要挨她打骂。为了不给祖父母添麻烦，母亲拼命地干活。可是，无论母亲怎样为家里挣钱、怎样操持家务，似乎永远也不能令祖母满意。祖母那大声训斥母亲的声音，成了每天早上叫醒我的闹钟。而母亲在被窝里呜咽的啜泣声，便成了我的摇篮曲。

然而，无论祖母怎样训斥，无论受到怎样无礼的待遇，母亲绝不会违抗祖母的意愿。

祖父待我非常和善，但是却很少和母亲讲话。我感觉，他是在尽量避免和母亲接触。

噢——祖父和祖母也很少说话。回想起来，祖母和祖父相处得也并不融洽。只要看到祖父对我好，祖母就会立刻绷起脸来。我的家经常非常冷漠而紧张，至少不是一个欢乐的家庭。是呀，我就是在这种极其沉闷的家庭中长大的。

祖父是我上小学三年级的时候去世的。祖母则是在那三年之后离开的人世。

母亲的脸上得以露出微笑，则是在那之后的事情。

就是倒在病床上，祖母仍对前来探望的母亲百般责难。

上中学以前，祖母在我看来简直就像是个魔鬼。

每当我这么说，母亲就会对我说：

——不是那样的。

什么不是那样？我根本就不能理解。祖母去世的时候，母亲悲痛得放声大哭。我简直不知道母亲是怎么想的。祖母去世了，为什么要悲伤——我真的这样想过。我恨透了祖母。与其说是怨恨，更多的是害怕。我从来不记得祖母对我好过。回忆中只有祖母对我和母亲的谩骂，以及挨祖母耳光后脸上的疼痛，就是这样。

尽管如此，我却非常怀念祖母。

难道真的有值得怀念的东西吗？

记忆当中充斥了不愉快的事情。

那些不愉快的回忆，深深地渗透在了故居的每一个角落。正因如此，母亲去世以后我便立刻卖掉了那所房子。不到三个月的时间，那里便成了空地，随后便盖起了公寓，现在已经是面目皆非，让人感到十分爽快。似乎事情本该如此。但不知为何，我却感到了一阵阵的凄凉。

凪之桥

我似乎不应该感到凄凉。

我不由得产生了动摇。

自从和那个人分手以后。

可话又说回来,那是和祖母一起去的,是祖母牵着我的手走过了那里。

而且,那竟是恶魔之险路。祖母究竟去那里做什么?那个照片上模糊不清的地方……

它在哪里?

——夜话祠堂。

是夜话,还是世话[1]?哪里都找不到这样的地名。我仔细地做了一番调查,仍没有找到。

那是上星期的事情。一位老人在储藏室的市史编纂室里说了这样一件事。

"说起来那也是很早以前的事情了,在海角的后面,听说那里有一个黄泉的入口。"

"那似乎是在梵之端的后面。这么说,那里可是一个小岛子呀。那不是赛河原[2]吗?"

"不对,不对!那里可是……"

——可是抛却烦恼的地方呀!

---

[1] 原文的祠堂名为"ヨガタリサマの祠"。因"夜"和"世"在日语中训读读法相同,所以两种汉字的写法都有可能。
[2] 传说中位于通往冥府途中的河岸。

老人这样说着。抛弃烦恼的地方！那是什么地方？我问他是什么意思。

"噢，不就是那些堕入地狱的死鬼们，在阎王爷面前坦白他们所做过的坏事的地方吗？阎王爷按照他们生前所犯的罪行，对他们进行惩罚——就是说，那些在地狱偿还的罪恶行径……"

像小石子一样……

一个一个地……

"都吐出来并且抛弃在尘世间。就是所谓罪状之类的东西。人的烦恼有一百零八个，每死一个人就会出现一百零八个小石子。噢，难道不是这样吗？"

业之滨。

会是印刷时的误排吗？保存死者罪业的地方——会不会就是这个意思？如果真是那样的话，那里不就是夜话祠堂吗？我向老人们询问了那个地点。得到的回答是，那里没有路。根据老人们的介绍，只有沿着海岸，顺着岩石走过去才行。无疑脚下非常险恶，过去之后便是悬崖峭壁，没有人到过那里。

那里是海滨的西端。

记得那里的确有一座海角模样的悬崖，我还记得岩石突起的形状。

或许，老人说的就是那座岩石的后面？

打开地图确认，的确就像老人们所说的那样，海角的后面有像是被海水冲断裂开的地方，宛如一些小岛，散落在四周。

无疑，没有路。那里地形复杂，从对面也无法靠近。

"正好在背面，从海岸根本看不到。这么说来，其中有一块岩石，无论如何也无法通过。"

——好像是说，那里架起了一座桥。

似乎——就是那里。

我猛然想到。

我恨不得立刻就去看一看。

我要对它进行一番验证。可在此之前，我必须先对我那段不确定的记忆进行一番梳理。例如，本应让我感到恐惧的祖母我却十分怀念，或许这也是那段断断续续、莫名其妙的记忆造成的。可是……

一生只得渡此桥一回云云……

我不是已经渡过一回那座桥了吗？

小石子，一片片小石子，无数的小石子铺满桥面。被簇拥着的祠堂，我还清晰地记得，不会错。

的确，我还记得，走起路来摇摇晃晃的我，攀上凹凸不平的岩石，又慢慢地走下来。我不止一次地险些坠入海水里。因此，我紧紧抓住祖母的手。加上那海水的气味，拍打在岸边上的浪花、岩石，还有……

走过的那座桥。

"噢，美津子小姐！"

委员长突然想起了什么似的说道。

"雅臣他……"

他怎么了?

"他好像快要不行了。"

"快要不行了?"

"听说是上周的事,可我昨天晚上才接到通知。佐枝子太太——噢,就是雅臣的老伴儿,给他家里打了个电话。他家?啊,就是雅臣大哥夫妇的家里——我说,你不是雅臣的学生吗?不是雅臣介绍你来这里的吗?"

"快不行了——这是怎么回事?是得病了吗?"

"噢,听说被救护车从学校里拉到了医院。开始我还以为是劳累过度,可打听后才知道,说是什么跳楼自杀。唉,具体情况我也不很清楚。听说佐枝子太太慌了手脚,还说丈夫已经快要不行了。总之,谁也弄不清是怎么一回事,他大哥雅毅今天早上已经赶过去了。"

——自杀?

那个人自杀了吗?

"才五十八岁啊。"一位老人说道。

"怎么会轻易地就死了?"

死。

那个人会死吗?

死了又怎么样?我已经和那个人没有任何关系了。我不认识他。不！

他死了才好，否则永远纠缠不休。想起来就让人打心眼儿里讨厌。

我只有你一个人只有你才理解我我喜欢你我爱你你也爱我吗……

又不是中学生！这种幼稚的语言能打动得了我吗？他一定是大脑出了问题，想起来就让人讨厌。那个缠着人不放的男人，没完没了的表白、黏黏糊糊的情调、令人生畏的束缚、焦虑、嫉妒和宽心……再有就是爱抚。

为什么不能得到你的理解再笑一个给我看看你是要拒绝我吗你说我到底哪里不好……

全部，全都不好。撒娇时的丑态，发脾气时的小家子气度，发威时的虚张声势，这些全都让我厌恶。结果，他既不是知己，又不是伴侣，也不是情人，更不是恩师。他眼睛里所看到的，不过是一个占有年轻情妇的帅气的自己。是一个瞒着妻子和别的女人睡在一起的品行败坏的自己。是一个趾高气扬的大学教授的自己。然而却像小孩子一样在人前撒娇的可怜的自己。自己自己自己，他只在乎自己。我不是他人生的花瓶。最终，他就像一只发情的犬，脑子里只想着交尾。

什么叫我们已经结束了美津子……

结束就是结束，没有其他意思。

我在社会上是有地位的人你想要破坏我的名声吗你想要

钱吗还是说……

我什么都不要。我没有打算从你那里得到任何东西。我只想说，我不再要你了。我想让你赶快离开。如果你不想离开，我就要走了。我已经不想再见到你，不想再听到你的声音，不想再闻到你的气味。

去死吧！

如果那个人死了，他的罪孽，他那累累的罪孽，或许也会成为小石子。

老人在叫我："美津子小姐，美津子小姐。"

"真是让人担心，可担心也无济于事。听说你是个很优秀的学生，一定是受到了他的关照。既然是这样，就只好交给医生了。人的生命谁也无法掌握。究竟发生了什么事情，隔着这么远谁也不知道。"

受到他的关照——老人是在说，那个男人曾经关爱过我吗？

"请原谅我冒昧地说出这些。我这样说可能会让你担心，但我也不知道应当怎样说才是。毕竟不是出了事故也不是得了病，所以很难说出口。你一到这里我就打算告诉你，结果还是拖了这么长时间。"

"没事的，可是……"

"真是让人担心。"我表面上应付道。

我不知道当时自己是怎样的表情。我甚至也无法想象，那个人死的时候会是什么样的表情。

我上午就离开了委员会。

只身前往劫之滨。

无论如何,我都想确认一下,确认那里是否就是书上所写的恶魔之险路,确认我头脑中残留的记忆是否与之吻合。

一路上,我什么也没有想。

到达海岸时,太阳即将落下。人口稀少的渔村,几乎见不到一个人影。更何况是淡季,海边没有一点动静。只有那覆盖在天空的昏暗坚实的乌云缓慢地蠕动着。

大海倒映着阴郁的天空,仿佛混浊的沼泽一般阴沉,又仿佛是一碗腐烂的高汤,有气无力地拍打着岸边的礁石。就连海浪似乎也只是映出乌云蠕动的影像,让人感到虚无缥缈。

似乎一切都处于停滞状态。听不到任何声音,也没有任何色彩。

就像那张颗粒粗糙、模糊不清的照片。

这里不可能是洗海水浴的地方,不可能是人们欢乐聚会的场所。这便是照片中那黯然失色的风景。作为风景,它早已失去了魅力。难道小时候的我,真的会为此而感到兴奋吗?

高兴的是祖母早已过世。

我来到浪花拍打的岸边,面朝着西方。

梵之端——在海角那漆黑的深处。海角的远方,是一轮被厚厚的乌云遮盖的微弱的夕阳。

我沿着海岸往前走。是的，就是这一景色。祖母牵着我的手，看到的就是这一景色。噢，就是那个像魔鬼一样恐怖的祖母。跟那个既可怕又讨厌——却又令人怀念的祖母一起。

啊，实在令人怀念！

时间似乎倒退回了过去。我一步一步地，朝着过去前行。

——美津子啊！

那是祖母的声音。

——美津子啊！你是我孙女吗？我可爱的孙女，奶奶最喜欢你。

——可是你爸爸，他不好！他没出息，他死了。

——我想知道，他是为什么死的。

祖母的话回荡在我的耳边。我根本不可能记得这些。那时我才两三岁。

——欠了债，丢了工作，那又有什么关系？

——又没有和他断绝关系，都是亲生儿子，再怎么样都会照顾他的。

——如果那么讨厌做渔夫，不做就是了！和可爱的媳妇还有孙女在一起多好！

这些话——在我的记忆中并不存在。我记忆中的祖母，是个魔鬼。魔鬼是不可能说这种话的。她动辄虐待母亲、打我骂我，她的话里充满了怨恨和诅咒。我认为把父亲逼上死路的，或许也是这个魔鬼。父亲嫌弃家业，但我一直以为是祖母把自己的儿子折磨致死的。

我来到沙滩尽头,前面是一片岩石。突然决定来到这里,身上穿的衣服根本不适合在海边的岩石上行走。更重要的是,沿着这片岩礁,果真能够到达那座巨大的岩石山的背面吗?

说起来,我真的不记得小时候曾经从这个崎岖的岩石上走过。这一切会不会都是误会,或者是记错了?

不!

我的确记得这块尖尖的岩石。我清楚地记得那块岩石的形状。或许它已经被风化,但这块岩石很早以前就在这里。我曾经攀登过这座岩石。那是在我很小的时候。然后……

又下到了这里。当时并没有摔倒,也没有掉到海水里。然后……

——这儿危险,奶奶背你,上奶奶背上来。

——尽管是这样,奶奶也一定要跟你一起去。

——你不是也想……

听一听爸爸的声音吗?

啊!是的,祖母这是要去夜话祠堂。

可得已故亲人之遗志云云。

原来如此。

我看了看脚下。脚下是一片混浊的海水。

这里的岸边,海水并不深,透明度却很低。或许不是因为海水混浊,而是因为时间流逝缓慢,以致光线的反应迟钝。

宇宙愈发趋于静止。连声音也听不到。

不！

可以听到声音，那是祖母的声音。

——为什么死了，作次？

——害死你的，是什么罪孽？

——为什么留下这么可爱的孩子就死了？

我绕过海角。

眼前是一座桥。果真，这里有座桥。

那张照片就是从这个位置拍摄的。猪俣氏一定没有过桥。他一定是害怕了。

可是，不过桥，便到不了那里。

过桥时，要像风一样疾驰。不能讲话。彼此交会时不能互相张望。听到有人说话也不能理会。只能低着头，两眼注视着自己脚趾的前端，任凭左右双脚交替前行，直到过完桥为止，就这样一味像风一样疾驰。这是规矩。

——你听着，美津子！这儿要自己走过去。牵着奶奶的手，就是这样，到对岸之前不许讲话。

——听到有人说话也不要在意。到对岸之前，只能听着。只能听着，但不许回答。

在这里，在这块岩石上，祖母把我从背上放了下来。

这里三面被岩石环绕，从外面很难看到里面模糊不清的景色、栏杆、雕刻装饰。加上原本是浅茶色，却显得黑乎乎的

凤之桥

桥面。

一切都和记忆吻合。

我向前跨出了一步。咯吱!桥发出了声响,桥面早已腐朽。

"听我说!"

是父亲的声音。

"美津子,你听我说,爸爸实在受不了了,见到你就难受,所以一死了之。"

只能听着,而且只当没听见。

"你呀,不是我的孩子。"

只能听着,不许回答,让他说完。

"你呀,是我爸的孩子。我爸嘛,就是你的祖父啊。"

祖父?噢,就是那个沉默寡言的祖父……

"他把你妈呀……"

那个祖父,把我母亲……

祖母站在眼前。祖母那熟悉的双脚挡在了前方。

只看脚尖就会明白。不用看脸,我也知道是祖母。那个魔鬼一般的祖母。

"你不是我孙女!"

不能讲话。彼此交会时不能互相张望。听到有人说话也不能理会。

说是牵着我的手过桥,可是……

回去时只有我一人。去时还和顺,可回来时……

于是，祖母她，那之后一直……

不，不能理会。要坚持住，只当没听见。祖母几年前就死了。父亲更早以前就死了。父亲的样貌、父亲的声音、父亲的气味，我都一无所知。

快过，快过桥。过了这座桥，在那座巨大的岩石上……

"你根本不是我的孙女！可恨，可恨，太可恨了！"

魔鬼一般的祖母大声地嚷着。她再怎么嚷，我也不听。也不去理会。那种事情与我无关。

为什么要过桥？我为什么要过这座桥？我为什么会来到这个晦气的魔鬼般的地方？

老人们说的都是真的。这里是人间罪恶的旋涡，抛弃罪孽的场所。

咯吱。

咯吱。

咯吱。

像风一样疾驰。要坚持住。只要坚持住，过了桥……

那里，是一片小石子。

那里，是铺满小石子的、人到不了的地方。是被罪业充斥的业之滨。

在那中间，被巨大的岩石和奇妙的植物紧紧地簇拥着的，是一座小巧的、几乎要倒塌的旧祠堂。

——啊！

从那座祠堂里……

砰，砰。

小石子掉在了桥面上。

——怎么一回事？

我赶忙跑了过去。

然后，捡起了小石子。

石子的背面刻着那个人的面孔。呆滞的目光，半张着的嘴。那是……

"美津子，是你抛弃了我。"

"拿起电话，让我想起了那一切。"

"想起来就让我后悔，后悔，后悔，让我永远难忘。"

"我要让你知道。"

——我要死给你看看。

你至死也不会改变，是个真正的不可救药的、罪孽深重的家伙。

我用力将刻有那个人的面孔的小石子紧紧地抱在胸前，然后，把它狠狠地抛进了大海。

我无法回去了。

这座桥一个人只能过一次。

而我已经过了两次。那么接下来，我该去哪里？

若执心不专……

我无法回去了，那座凬之桥。

源自《远野物语》

《远野物语》是柳田国男于1910年出版的传说集,日本民俗学名著。内容多为作者从岩手县远野町人佐佐木喜善那里听来的有关当地的各种传说故事和习俗。本篇中提及的诸多异事,皆出自《远野物语》。

一

　　水野君带来的年轻人给我讲述了一件很有趣的事情。

　　这位相貌圆滑的繁君虽然表情匮乏，但却让人觉得他为人忠厚，从而对其颇具好感。他那平淡木讷的讲话方式，更凸显了他的朴实无华。于是，我被他的话深深地吸引了。

　　他的话有时听起来像是凭空虚构的。

　　要是放在平时，我一定会付之一笑，并告诉他，这种编造出来的故事，即便是在酒席上讲也不会有人相信的。

　　虽然如此，由于繁君说起话来总是那样认真，就让人不由得信以为真了。

　　或许，他的那些话并非只是相信与不相信的问题。首先，应该为能有人相信那些话而感到惊奇。然后，再将这一惊奇与自己的亲身经历结合在一起，设身处地地加以对照、思考，直到惊奇变得不足为奇。

之所以这样说，是因为我和水野君都被繁君所描述的异境般的奇谈强烈地吸引住了。我们似乎从中产生了某种幻觉。无疑，那里面一定隐藏着盘踞在我们内心的、令人眷恋却又离奇古怪的妖魔。

如果只是把它当作一桩笑料而置之不理，那么谈话将变得索然无味，显然那是不可取的。那样做无异于是在自我贬低。繁君的话本就单调，未经任何修饰。因此，听故事的人必须自行为其添枝加叶。幻想可以自由地扩展，以使得情节枝繁叶茂。这，难道不是一件饶有兴趣的事情吗？

我问他，是蓝色的吗？

"是蓝色的。河水是蓝色的。被那条蓝色的飘带一分为二的……"

"是一片原野。"繁君说道。

"把那里说成是原野，不是太夸张了吗？"

"没有其他方式形容了。"

于是，我的脑海里开始描绘出一片原野。然而，我所想象的原野，或许根本不在日本。一片荒凉的土地上，流淌着一条湛蓝色的河流，就像一道用蓝色画笔勾勒出来的线条一般。这怎么对呢！那本不应是这样一番像小孩子胡乱涂鸦般的情景，肯定是什么地方出了毛病。

源自《远野物语》

——是天空吗？

在我的想象中，北方大地的上空总是笼罩着一层阴郁的色彩。仿佛暴风雨即将来临，天空一片昏暗。阴云下只有那条河流，宛如一条蓝色的飘带，显得异常的奇特。我问，天空也是蓝的吗？繁君回答说，比东京的天还要蓝。

"是蓝的呀！"

"是的，而且山也是蓝的。当然也有不是蓝色的日子。"

"冬天，也有一片洁白的时候。"繁君说道。

"一派天寒地冻，山上覆盖着厚厚的积雪，我的家乡……"

那里有三座小镇，除此以外就只有山峦河流，然后就是一片原野。

"是山吗？"

我的脑海中逐渐形成了一幅风景画卷。不过，我所幻想的情景，或许是我出生地那边的西域风光，抑或是日前曾经造访过的南国风情。因为在那些景色中，蕴含着一种难以言喻的乡愁伤感。

"山上有许多山人。"繁君说道。

"你是指那些居住在山里的人吗？"

"其实也并不是那样，先生！"水野君在一旁说道。

繁君开始娓娓道来。

二

　　山上有一条叫作笛吹岭的山路。

　　那里是从山口通往六角牛方向，进而通向大海的一条捷径。

　　山口是村庄的名字。因那里位于通往山里的入口处，故得此名吧。六角牛则是山的名字。

　　翻过这座山，就可以到达海边。

　　那个地方寒风刺骨，刮来的西北风，几乎要把耳朵冻掉。因此，人们又称其为冻耳岭，那里是翻越六角牛的鬼门关。不过，正是这条山路，才把山乡与渔村紧紧地连在了一起。

　　人们将稻米和木炭搭在马背上运往田之滨或者吉利吉里，再将那里的海产品运回来。

　　尽管路途艰险，却方便了百姓。

　　然而，那里却时常有山人出没。

　　路上经常会遇到山男山女。

　　那不是很久远的事，而是发生在现在的事。

　　只要经过那里，就一定会遇到那些山人，着实令人感到恐怖。

源自《远野物语》

非常恐怖。因为恐怖，没有人敢从这里翻越山岭。而这一恐怖的传闻愈传愈广，就连不曾遇到过山人的人也开始望而却步。于是，翻山的人愈来愈少，以致最终断绝了往来。

现在人们都改道境木岭，那里是特地另行开辟出的一条道路。

和山设置了新的驿站，几乎所有人都改走这条路。只是这条路中途绕了一个大弯，得多走上两里多地。

山人竟如此令人感到恐怖。

三

"怎么……究竟是怎么个恐怖法？"我问道。

"比方说，外表非常可怕，或是会对人造成危害，是不是指这些？噢，我先问一下，你说的那些山人……他们不是人吗？"

"他们长着一副人的外表，却不是人。"

"如果不是人的话，那么就是水野君常说起的鬼怪故事中的……怪物啦？"

繁君瞥了一眼水野君，然后说道："对于东京人来说，或许就是那样吧。"

"对于你们来说，难道不是吗？"

"是的。因为那不是编造出来的。"

或许的确是那样,否则人们就不会另外开出一条路,宁可多绕上两里多地也要改道走了。经济活动是以效率为第一优先选择的。那些山人们倚仗着恐怖……

甚至有逼人放弃效率的巨大威力。

"说起来,这事情就发生在现在,并不是什么古老的传说。"

"那也就不是什么民间故事啦?"

"是的。那是……"

"真实发生的事情。"繁君说道,"可按照水野兄的说法,那只是我们太迷信而已。"

"喂,喂!不是你自己说的,你们乡下尽是些迷信的传说吗?"

"我的意思是说,我们那里有一些会被你们当成是迷信的故事。"

"那么……真的有山人吗?"

我打断了两位文学青年的争论。

"确实有。"

"他们不是人吗?"

"他们所带来的恐怖超出人们的想象。那不是传说,而是真实的存在。比如说……"

有一位和我同姓的,叫嘉兵卫的人,住在枥内的和野那

源自《远野物语》

个地方。

他是土渊首屈一指的狩猎能手,如今已经年过七旬,腰板却依然非常硬朗。据嘉兵卫先生自己说,他年轻的时候曾经用猎枪打死过一个山女。

是的,他的确打死过山女。

嘉兵卫先生是位猎人,为了猎杀野兽他必须进入到山里。

据说有一天,他和其他几个猎人一起来到了深山老林。

为了寻找野兽,嘉兵卫先生将目光停留在了远方的一块岩石上。

但是,那却并非是一只野兽。

据说,站在岩石上的是个女人。可那种地方不可能有女人。不对,是不应当有女人。村里的人绝对不会去那个地方。即使想去也到不了那个地方。出现在不应当出现的地方的……

不可能是人。

据说,那个女人正在梳着长长的头发。

又据说,她浑身惨白,就像是脱了一层颜色一般。

嘉兵卫先生说,这让他大吃一惊。紧接着,他全身感到一阵战栗。

然而,嘉兵卫先生却并不只是颤抖。

诚然,他也是一位所向披靡的豪杰。

嘉兵卫先生断定,此乃妖怪也。他当即举起了猎枪,瞄准那个女人就是一枪。

或许，他本来只是想吓唬一下对方。

然而，子弹却命中了目标，女人当场倒了下去。

嘉兵卫先生立即跑下悬崖，穿过树丛，登上峭壁，来到了女人倒下的岩石上。

那个女人——她已经死了。

据说那个女人高大得惊人，散开的黑发比她的个子还要长。

为了留下此事的证据，嘉兵卫先生割下了一些黑发盘在一起揣进怀里，便离开了现场。

这是他唯一能够做的事情。

深山里到处都是陡峭的岩石峭壁。

嘉兵卫先生只身一人，不可能将那个巨大的女人尸体搬运下山。就算可以，他也不可能扛着尸体回到村子里。

嘉兵卫先生放弃狩猎，一心想着尽快下山。然而……

在赶路回家的途中，嘉兵卫先生突然遭到了睡魔的袭击。

嘉兵卫先生困倦得难以忍受，决定稍事休息。他找了一个隐蔽的地方把身体藏了起来，以避免遭到野兽的袭击。嘉兵卫先生就此坐了下来，不觉打了一个盹儿。

昏昏沉沉地，嘉兵卫往来于梦幻与现实之间。

就在这个时候……

不知不觉间，一个高大的男人不知从何而来，突然出现在了嘉兵卫面前。他屈身跪倒在嘉兵卫先生的正前方，将长长的

源自《远野物语》

手臂伸进了嘉兵卫先生的怀里……取出了盘在一起的黑发……

随后,便一阵风似的迅速离去了。

顿时,嘉兵卫先生睡意全消,猛地醒了过来。那个高大的男人——或许就是山男。

四

"他是来取回同类的遗发吗?"我这么问道。

"也许是。"繁君回答道,"也许被打死的女人,是那个山男的妻子。"

"请等一下,"水野君开口说道,"请你不要误会,我绝不是觉得你们迷信,瞧不起你和你的那些乡下人。可这话无论怎么听都像是古老的传说,要不然就是鬼怪故事。古往今来,总是有一些鬼怪故事,把天狗[1]和河童[2]说成是现实中存在的东西……你说这些不是怪谈吗?我看不出它们有什么区别。"

"是的,都是怪谈。"繁君说道,"不过,那并不是虚构的。因为这件事听起来很恐怖,所以是怪谈。尽管如此,它却是事

---

1 日本民间传说的妖怪,长居深山,是山林妖怪中最具震慑力的代表。
2 日本传说中居住在河边或水边的妖怪。

实。它和桃太郎[1]呀、龟兔赛跑之类的故事不同。如果是那类童话故事，就不存在什么相信与不相信的了。盲目地相信那些不值得相信的蠢话，那才叫迷信。可实际经历过的人所说的话，我们没有理由表示怀疑。"

"而且，就连那个女人被打死的地点都一清二楚。"繁君接着说道。

"我想确认一个问题……"我又说道，"那一定既不是源赖朝[2]休息过的岩石，也不是天狗坐过的松树这样的故事，可以这样说吗？"

"你这话是什么意思？"繁君看着我，脸上露出奇特的表情。

"像这种有据可查的逸事在全国各地广泛流传。实际上不论是岩石还是松树，那些实物现在还都保存着，成为人们得以传播的佐证。正是因为有了这些证据，讲故事的人才认为它是真实发生的事情，而听故事的人也不管其内容多么不具有真实性，都将其当成是真实存在的。这就是所谓的Legend——日语当中或许没有恰当的词汇与之对应——也许可以把它叫作传说。我想这里所说的就是这类的传说。"

---

[1] 日本家喻户晓的民间故事，讲述从桃子里诞生的桃太郎，用糯米团子收容了小白狗、小猴子和雉鸡后，一起前往鬼岛为民除害的故事。
[2] 源赖朝（1147—1199），日本镰仓幕府首任征夷大将军，也是日本幕府制度的建立者。

"不对。那不是传说，是真实的体验，先生！"繁君回答道，"我知识浅薄，不懂得 Legend 这个词的真实含义，不过我觉得先生所说的传说，应该是指当地自古以来流传下来的故事。如果是那样的话，那么就完全不一样了。嘉兵卫先生人还健在，我曾经多次实际见到过嘉兵卫先生本人。"

"难道不会是嘉兵卫自己编造出来的故事吗？"水野君说道，"噢，这一点也请你不要误会，我并不是在有意贬低嘉兵卫先生。咳，不管我怎样解释，听起来似乎都像是我存心质疑。我很担心又会像从前那样惹得你不高兴——不，我不是说不可以创作，不是说不可以是真人真事，也并非一定要弄清楚真假。就算是创作，根据文化和风俗的不同，有时也会把创作当作真人真事来传诵。我觉得这也是值得尊重的优秀传统。或许也存在着山人文化——难道我们不可以这样理解吗？"

"您觉得呢，先生？"水野君问我。

我略微思考了一下，说道：

"噢，像井上博士[1]那样，将这类逸闻趣事逐一进行解析，判定其是否真实，如果是虚构便视其为迷信予以剔除——实际上，这其中似乎也有一番道理。不过，我却不倾向于这种做法。最近，一些文艺作品当中也流行起了怪谈。但是从文化的角度来看，那些东西被视为是低俗的。可问题在于，在我们这个国

---

[1] 指井上圆了（1858—1919），日本佛教哲学家、教育家。站在破除迷信的立场上研究妖怪，著有《妖怪学讲义》等，被称为"妖怪博士"。

家里，的确存在着这一文化赖以生存的土壤——我认为这才是问题的关键所在。噢，尽管这么说，可是现如今，就连最高学府的教授们也都一本正经地谈论起什么千里眼、心灵术等，难怪井上博士极力主张谬误永远是谬误，我对此完全可以理解。可尽管如此……"

——却如此让人怀念。

"我认为，如果试图动摇生活在这个国度里的我们民族的精神根基，并不是一件明智的事情。所以说，我非常理解水野君说的话。只是……听口气，似乎繁君还有不同的见解……是吗？"

"是的。"繁君点了点头，"我认为，了解现在就是了解过去。毕竟现在是过去一定时期的积累。现在所谈论的真实的背后，一定伴随着必然成为真实的过去。所以，我认为水野兄的话非常有道理，只是……"

"我认为那应当属于文学领域的范畴。"繁君说道。

"你是说文学范畴吗？噢，你们两个人都是写小品文或者小说的文学青年。可是你们所写的那些东西，不都是纯粹的创作吗？"

"是纯粹的创作。可是，我之所以能够创作出作品，那都是故乡培育的结果。为了创作出作品，在成长的过程中我吸收了一切有益的东西。我认为，这一点水野兄也是一样。"

"或许是吧。对于这一点我没有异议。只是那样的话，那

源自《远野物语》

个嘉兵卫先生的故事也是创作出来的啦……"

"你说得不对。"繁君打断了水野君的话,"那不是创作,因为那个被杀的山女……她是我家的亲戚。"

水野君顿时惊得目瞪口呆,连忙反问这是什么意思。

"他开枪打死的,是我祖父的妹妹——我的姑祖母。"

"你的话怎么让人越听越糊涂?难道那个女人不是山女吗?"

"她是山女。"

"可是,她不是你祖父的妹妹吗?那么你的祖父,他也是山人啦?"

"不。我的姑祖母曾一度过世,然后进了山里,被山人捉去了。"

"什么叫作一度过世?"

我拦住了水野君,开口问道:"被山人捉去……这是什么意思?"

"噢,山男是山里的人,而山女则大多是村里的女人。"

五

在糠森前面的青笹村大字糠前,住着一位长者。

说起长者,听起来似乎让人感觉像是有些落后于时代,但在我的家乡，人们常把有钱有势的农户称为长者。

一天，那位长者的女儿突然被什么人捉去了。不知道是被藏了起来，还是被掳走了，总之就像遇上了鬼神，下落不明。结果事情闹大了，但最终还是没有找到人，就这样过了很久很久。

有一天，同乡的一位猎人到深山里去打猎。

他遇见了那位长者的女儿。

就在不应该有人出没的地方，却遇见了那个女人。

据说……那个猎人感到非常恐惧。

的确非常可怕。

那个猎人战战兢兢地举起了猎枪。到此为止，与嘉兵卫先生所描述的情形完全一样。不同的是，那个女人当时就在猎人的身旁，触手可及。猎人条件反射地举起猎枪就要开枪，于是，那个山女开口叫着猎人的名字。

这不是某某大叔吗？

然后说道：不要开枪……

听到对方叫自己的名字，猎人先是吃了一惊，定睛一看，发现那个女人竟然是几年前失踪的长者的爱女。慌乱之中，猎人揉了揉眼睛，定了定神又仔细看了一遍，发现对方依旧是那个熟悉的面孔。猎人感到困惑不已，忙问她为什么会出现在这个地方，于是，姑娘如此回答道：

我……被一个家伙捉到了这里。

源自《远野物语》

然后，便成了那个家伙的妻子。

而且还生了孩子，不止一个孩子。但是，不管生多少孩子都被丈夫吃掉了。因此，我依旧是孤独一人，一个人生活在山里。

我只能在深山里度过一辈子，没有其他的办法了。

大叔你不要待在这里，这里很危险，快回去吧！只是……这件事情不可以告诉别人。

绝对不可以告诉别人。那姑娘，不，那个山女说道。

因为见到了熟悉的面孔，猎人一时忘记了恐惧，但听女人这么一说，阵阵恐惧再度袭来。是的，那个女人已经不再是失踪了的长者的女儿……

她已经变得非常可怕了。

猎人再次陷入了强烈的恐惧之中。在女人的催促下，他也没有确认那里是什么地方，也顾不上向过来送行的女人告别，便一溜烟似的逃回了村里。

六

"这件事情……还真的挺可怕的呢。"水野君说道。

"那些山人，他们绑架村里的姑娘，逼着她们做自己的妻子。"

"那还真是让人感到恐怖。"水野君再次说道。

"这还用说吗?"我接着说道,"可是我总觉得,水野君所说的恐怖和这个故事的恐怖有些不一样。毫无疑问,被莫名其妙的家伙绑架的确很恐怖。但是,那个姑娘似乎并没有害怕的样子。"

相反,她似乎已经接受了这种境遇,或者说她已经认命了。

"遇到那个姑娘的猎人反倒更加害怕,难道不是吗?通常,遇到下落不明的姑娘,一定会把她保护起来并且带回家。如果对方说是被人绑架了,那就更应如此了。可是,那个猎人却没有这样做。"

"那是因为他感到了恐惧。"繁君说道。

"或许……的确是那样。也许,是因为那个姑娘已经变得非常可怕,猎人有所感悟,才丢下姑娘一个人逃了回来……"

"先生。"水野君插嘴说道,"这个……我有点不太理解。如果能够和人类生下孩子,那么,不管他们外表长得怎样,那个山人不也是人吗?如果不是人的话,就不合道理了。更何况,不用说那姑娘也是人,难道不是吗?如果是那样的话,又有什么好害怕的呢?"

"与其说山人可怕,倒不如说正是因为可怕……"

"他们才被叫作山人。"繁君说道。

"的确,就像水野兄所说的那样,或许山人也是人。据说山人眼睛的颜色不同,个子异常高大。但是外国人眼睛的颜色也不一样,而且身材同样很魁梧。如果只是这点区别,并没有什么可值得大惊小怪的。可怕,只是因为可怕——不是因为他们相貌奇特,也不是因为他们住在山里,才是山人。"

"他们是一帮让我们感到颤抖的家伙……不是吗?"

"是的。为了回避他们,人们不得不绕道迂回,开辟新的道路。就是现在,他们这些家伙仍让人望而生畏。"

"这么说……刚才你提到的,你的祖父的妹妹,她也是被山人捉走的吗?"

"姑祖母是自己进山里去的,她是自愿进去的。"

"可是,无论有什么样的理由,你的姑祖母……不管她是住在山里还是住在其他什么地方,也不管她有多么可怕,她一样也是人呀!怎么能用猎枪打她呢?那不是杀人的行为吗?"

听水野君这么一说,繁君低下了头说道:"你说得没错。"

"所以嘉兵卫先生才立了供奉塔,以祈祷冥福。他似乎也感到后悔了。"

"不,我认为问题不仅于此。噢,先生!如果杀了人,那就是杀人罪呀!"

"不,我的姑祖母,就像我刚才说的那样,她已经死过一次了。在户籍登记上……她是死人。"

"我怎么越听越糊涂?"水野君摇着头说道,"难道是幽灵吗?"

108 冥 谈

"不是幽灵。幽灵只有在四谷怪谈[1]里面才会出现,不是吗?"

"现在的确是那样。"我回答道,"可能是受到西方的影响,最近开始出现一门叫作心灵学的学科。大概意思是说,灵魂,或者说没有实体的遗恨之类的东西,会以人的形式表现出来。噢,当然它作为虚构的故事非常有意思,但是要问它是否真实存在,那就不敢恭维了。如果只谈这一点,我倒是想像井上博士那样坚决地予以否定。"

听我这么一说,水野君一脸不服的样子问道:"果真是那样吗?在我看来,幽灵是比山人更加恐怖的东西。"

"我说水野君,你可不要信口开河呀!那种鬼魂之类的传说是与自然法则相违背的呀!"

"不,正因如此,我认为这并不是灵魂存在与否的问题,先生。灵魂通过妄想或者执念,对人们的精神世界产生影响。"

"我同样认为那属于精神世界所为。总而言之,无须过多解释,这个世界上的确存在着恐怖。既然你同时又提出了灵魂之类的问题,那么我以为,我们对于关键的问题,在受到恐怖威胁时的人的精神活动的变化,就很难全面了解了。我非常喜欢谈论让人感到恐怖的鬼怪之类的话题。但是,我们在探讨人

---

[1] 全名为《东海道四谷怪谈》,江户时代剧作家鹤屋南北(1755—1829)所撰歌舞剧剧本,描述浪人民谷伊右卫门为附凤攀龙而抛弃并毒杀了妻子阿岩,阿岩死后化成怨灵复仇的故事。

源自《远野物语》 109

为什么会有恐怖心理这一话题时，并不需要幽灵这一单薄轻率的理由。话说回来……繁君，你说的死过一次的事情，我怎么听不明白。"

"姑祖母曾经患有精神疾病。"繁君说道，"她嫁到丈夫家后吃了很多苦，却一直忍耐度日，结果精神失常了。后来，她被送回了娘家——我祖父的家里，疗养了一段时间，可还是患了大病，不治身亡了。最终被判定为死亡，入棺下葬，可出殡的那天她又活了过来，从棺材里逃脱，跑进山里去了。"

"怎么会有这种事情？"水野君高声惊呼道。我劝说着水野君不要太激动。

"是呀，过早下葬，这在国外也时有耳闻，并不是没有的事情。这么说，你的姑祖母被当成了死人处理……而并没有作为刑事案件处理吗？"

"是的。既然她跑到山里不知了去向，也就无法进行处理了，估计最终是按死亡了结的。其实，患上了如此重病又精神失常的女子，一个人进到深山里是不可能活下去的。所以，大家都以为她就那样死了。虽然听说有猎人曾经见到过她，或许她还活着，但那都只是些传闻。也有人说曾经见到过山人，并且开枪威慑。可嘉兵卫先生是位射击能手，即使距离遥远也还是会射中的。"

"那并不是幽灵。"繁君不厌其烦地说道。

"那……只是个恐怖的东西吗？"

110　冥　谈

"是的。生活在平原的人,并不知道山里的恐怖。请不要嫌我啰唆,即使是在我们的村子里,如果有人遇见她,不管她的相貌如何,人们都会以为她只是一个失踪者。正是因为在山里遇到……"

"才很可怕!"

"是的。实际上,即使变成了山女,如果再回到村子里,那么也不会很可怕。"

"她们……有时也会回来吗?"

"是的,有时也会回来。听说有一户姓登户人家的女儿,被捉去三十多年以后又回到了老家。那个女人回到家以后还清楚地说出了自己的名字,和家里人聊天,还说见到家人非常怀念,但随后又去了山里……就是说……"

"那个家里的人也没有感到害怕,是这样吗?"

"可怕的并不是外表,先生!"繁君说道,"如果只是外貌改变,其实也并不那么……"

"并不那么令人害怕……是吗?"

"是的。即使外貌相同……"

七

那是我的曾祖母过世时的事情。

说是过世，其实并不是因为得了病。她似乎年事已高，应当是所谓的衰老死亡。

尸体入殓，同族亲戚齐聚一堂，就是你们那里所说的守灵。其实也没有人熬夜，所有亲戚都就地睡在了客厅的榻榻米上。

在曾祖母——就是祖父的母亲——的葬礼上，前面提到过的那个精神失常，而且出嫁后又回到娘家的女儿——我祖父的妹妹，后来变成山人的我的那位姑祖母也在场。当时，虽然她的精神已经开始出现异常，但还没有病倒在床上，又因她是故人的亲生女儿，所以也在榻榻米上和亲戚们一起休息。

我的家乡有一个风俗习惯，就是在服丧结束之前，不可以让灯火熄灭。就是说，居丧期间忌讳断绝香火。我不知道在其他地方是否也有同样的习俗。

那天晚上，轮到我的祖母和她的女儿——就是我的母亲——当班守护香火。

为了不让火盆里的炭火熄灭，她们彻夜不眠地守护在火盆旁边。

祖母和母亲面对面坐在巨大的火盆两侧，母亲把炭笼放在自己身边，不时地往火盆里添加一些木炭，以使火焰绵延不息。

山村的夜晚异常的宁静，只有火盆里的炭火不时地发出爆裂的声响。

然而，她们两人却听到了脚步声。

猛然抬头望去，就在后门附近……

一个死人，伫立在那里。

仔细看过去，那是死去的曾祖母。曾祖母生前一直弓腰驼背，这种姿势穿上和服，下摆总是拖在地上。因此，她会把下摆折成三角形缝在胸前。

就连这个地方也分毫不差，与生前一模一样。

那身带条纹的和服同样让人记忆犹新。

那正是我的曾祖母。

死人进到屋子里来了。

啊——就在那一瞬间。

据说，她们两人还没来得及因恐怖而发出惊叹，死人早已顺势进到了屋里，从祖母和母亲守护的火盆旁边穿了过去。

就在她穿过房间的时候……

死人的衣摆碰到了炭笼。

炭笼咕噜咕噜地旋转个不停。

勇敢的母亲，把视线从旋转着的炭笼转向了死人的脊背。

死人向着同族亲戚们休息的榻榻米客厅走去。啊，照这样下去，死人将进到客厅里。

可那是死人呀！

就在母亲这样想着的时候……

"祖母来啦……"

源自《远野物语》

一阵刺耳的尖叫声响彻了整个房间。大叫的是那个精神失常的姑祖母。叫声吵醒了在场的所有人，大家顿时乱作一团，趁着一片混乱……

　那个死人呢？

　她却神不知鬼不觉地离开了。

八

　"是消失了吗？"

　"是离开了。"

　"如果是幽灵的话，应该不会消失吧。"水野君说道。

　"那么，是幽灵吗？"

　"可是，你听我说，你的姑祖母不是在入侵者进入榻榻米客厅之前就大叫起来的吗？"

　"是呀！"

　"那就一定是幽灵。"水野君说道。

　"怎么想那都是幽灵，尸体不是在棺材里吗？"

　"噢，尸体是在棺材里。"

　"那么，人们所看到的就只能是灵魂了。正因为是灵魂，那位故人的女儿在看到死人之前便有所察觉，因而发出了尖叫。否则，在推拉门或者隔扇门被打开之前，她是不可能知道的呀!"

"你说得不对,水野兄!"繁君摇了摇头,"那不是什么灵魂。"

"不,我知道你的意思……我曾经多次说过,我并不相信幽灵的存在。可是,世上的人都把这种事情当成幽灵谈论并且传播。如果死去的老人在守灵的夜晚出现,那就只能认为是幽灵了。否则的话,难道是那位老人和那个大喊大叫的姑祖母一样,死了一次又重新复活了吗?"

"曾祖母可是真的死了呀,水野兄!"繁君说道,"听说人们为她换上了寿衣,把她安放在棺材里,并且还为她下了葬。"

"那么,这么说……"

"水野君,你先等一下。"

我似乎开始有点理解了。

"我问你,繁君,那炭笼为什么会咕噜咕噜地转个不停?"

"那是因为……"繁君说道,"炭笼是圆的。"

原来如此。

"是衣摆碰到了炭笼吧?"

"是的。"

那么,就不是什么幽灵了。

看起来根本不是什么活着还是死了的问题。

于是……我忽然感到了一种强烈的冲动,希望有一天能够亲自去一趟远野。

源自《远野物语》

柿 子

斜对面的老爷爷给了我一个柿子。

看起来并不是很新鲜，但也没有腐烂。我想尝一尝，拿在手里翻过来，却看见一条虫子爬了出来。

长虫子了。

我觉得心里恶心，顺手把它扔进了垃圾桶。

我放心不下，害怕虫子会从垃圾桶里爬出来。

那条虫子浑身沾满了柿子汁，一边用前面的小嘴啃着柿子肉，一边在柿子里慢慢腾腾地爬着。和它的身子同样狭窄的隧道前方没有亮光，为了向前它就必须不断地啃食。一旦走到尽头啃破了柿子皮，就来到了柿子的外面，这同样令人内心难安。

哈哈，幸亏我不是虫子！

啊，柿子里面究竟是什么样子？

那个只有虫子大小的洞孔，究竟弯弯曲曲地通向了什么地方？

我感觉好不舒服!

啊,真的感觉好不舒服!

我感到后背一阵凉飕飕的,这让我想起了一段往事。

从前,有一棵柿子树。

噢,或许现在也还在那里。绕过房子后面的那条小路,穿过长着好多鱼腥草的空地,就在那个屋檐下挂着三四个巨大的蜘蛛网、四周搭着破木板墙的旧房子的院子里。

我曾经在那里玩耍,用小石子投向那间房檐下的蜘蛛网正中央的蜘蛛王。

我经常在那里玩耍。

那个时候,我并不像现在这样讨厌虫子。我曾经捉青虫,抓蚯蚓,还把座头虫的腿全都拔掉,看着它就像一粒豆子。现在看起来,简直难以想象。

现在,别说碰一下了,我连看一眼虫子都感到厌恶。

甚至光想一想就觉得恶心。

可是我小时候却一点都不在乎。

所以,我玩儿起来总是弄得一身的杂草、泥土和虫子。大概也正因如此,我才得以夹杂在这类有机物质中健康成长。自己和自己以外的事物基本上没有什么区别。

记得第一次钻过那道木板围墙,是为了追赶一只蚂蚱。

在此之前,我都在墙的外面,透过木板围墙的空隙向蜘蛛网投掷石头。

石头一旦命中了中心，蜘蛛那家伙就会飞快地逃之夭夭。蜘蛛并不会被打掉，它总是会和石头一起迅速逃离。即使没有命中，只要网破了，蜘蛛也会逃脱。如果发现哪个蜘蛛不但不逃走反而目中无人大摇大摆，我就再投上一颗石头。如果石头打在网边上，吊着的蜘蛛丝被打断，蜘蛛网就会像卷帘一样迅速地缩卷成一团。这时，蜘蛛那家伙就会耷拉着脑袋跑得无影无踪。就好比吊床上的绳子突然折了一样，蜘蛛必定会大吃一惊。

　　偶尔，石头也会打在房子的墙壁上，但是并没有人抱怨。又不是什么大石块，墙壁也不会被打坏。就算打坏一点，谁也看不出来。因为那是一间旧房子，而且，并不像有人住在里面。我几乎可以肯定，那就是一所空房子。

　　虽然如此，我还是觉得不可以无缘无故地就去钻那堵墙。

　　说是无缘无故，倒也理所当然。

　　我当然知道，因为那是别人家的院子，是不可以随便进去的。所以我才会理所当然地，尽量避免进到那个院子里去。

　　可是，我却进去了。

　　好像是因为一只大蚂蚱。

　　也许不是。

　　不知怎么的，墙上开了一条缝，连大人也可以钻进去。我说的就是那个黑乎乎的木板墙。是裂开了，还是脱落了？总之是坏了，所以我才忍不住钻了进去。那条缝就像大门一样敞开着，就在那个破木板墙上。

而且，我以前一定也很喜欢蚂蚱。

虽然现在不喜欢了。

我看见一只蚂蚱跑进了院子。

我追了进去，只顾看着地下。

我在草丛里四处奔跑，猛然抬起了头。

于是，我看到了一棵巨大的柿子树。

上面结满了果实。

好厉害呀！我暗自想着。

在此之前我只是隔着墙张望，从来没有从树下往上看过。

粗壮的树干，弯曲的枝条，繁茂的枝叶，显得格外壮观。那是棵又黑又大、形状特异的柿子树。在一片片绿色枝叶的阴影下面，结满了圆滚滚、黄澄澄的柿子。

我久久地望着柿子树那端庄的容貌。

竟然看得出了神。

然而……

嗯？不知为了什么，以往的回忆让我害怕。究竟是什么地方让我感到了恐惧？

柿子树本身并不可怕。一定是当时发生了什么事情。究竟发生了什么事情？是不是吃了什么苦头？比方说，遭到了那户人家的训斥，或是被狗狂吠了一通，又或者摔倒受了伤，是否发生了这类事情？

柿子

我认为并非如此。

我看了看垃圾桶。

心里惦记着那个我刚刚扔进去的柿子，以及有可能从里面爬出虫子来的垃圾桶。

那里面有一个柿子。而且，柿子里面还有一条虫子。

万一虫子爬出来，该有多恶心。况且，那条虫子还活着。

如果虫子从垃圾桶的边上露出了小头，那我该怎么办？

还不如干脆把它弄死！因为虫子是活的，能够动，才让人感觉恶心。可要碾死它同样会很恶心。如果碾死沾满柿子汁的虫子，虫子的体液就会和柿子汁粘在一起，令人束手无策。

于是，我又一次想起了那棵柿子树。

——傻孩子。

——真是个傻孩子。

——非要爬上那棵树。

那棵树？

那应该是祖母说的话。

刚才在我耳边响起的，难道不是祖母的声音吗？

可是，那棵树，这是什么意思？

记得那的确是一棵既丑陋又令人讨厌的树。难道那棵树有什么特殊的吗？

其实，那个院子本身就让人感到害怕。

树底下密密麻麻地长满了叫不出名的杂草。柿子树也是一样。树皮表面坑坑洼洼，树干黑乎乎、弯弯曲曲的，却比平房的屋顶还高出了一截。

记得树的顶端，好像结了一个比其他那些都要大得多的果实。

那个柿子好大呀！

是的。

打那以后，我似乎经常到那里去。

我钻进院子里，抬头望着柿子树。

噢，其实不进到院子里也可以看得到。

记得我也曾经常从远处遥望那棵树。

我常常是不由自主地就看到了它，而一看到它就会感到心里不安。

季节更替，树上的果实全部脱落了，但不知为何只有树尖上的那个柿子依然挂在上边。那光景格外奇妙，实在太奇怪了。通常不去采摘，果实也会自动脱落，落到地上就会腐烂。通常都是这样。

从来也没有见过那样的果实，就像洗澡堂入口处的大电灯泡，总是孤零零地挂在那里。

所以我才会感到心里不安，而且，每次见到都会内心难安。因此，我才会不止一次地穿过木板围墙，钻到院子里，抬头仰望着那棵柿子树。可是从下往上看时，柿子被树叶挡着看不清楚。被弯弯曲曲的大树枝遮掩，又被伸向四面八方的小树枝遮挡，让我根本看不见树尖。

看不见树尖。

是的，从下面根本看不到，完全看不到。不过稍微离开一些距离，从那块长满鱼腥草的空地上，就可以看得非常清楚。

它孤零零地挂在那儿，似乎还闪烁着光芒。

我清楚地回忆起了那一幕奇妙的光景。

不过那毕竟只是记忆中的景象，多少有些失真。

多余的部分被剔出，细节也大都被省略，只剩下了些看似滑稽的、如同漫画一样的景象，但我还是清晰地回忆起来了。

在到处都是漏洞的木板围墙的另一端，在那比破房子的屋顶略高出一些的、弯弯曲曲的黑柿子树的树尖上，一个又红又大的果实孤零零地挂在上边。就是这样一番景象。

那个果实一直挂在上边。

永远地挂在上边。

无论是冬天、春天，还是夏天……

年复一年。

不，不。

这太荒唐了。

怎么会有那种果实？

那是我六七岁时的记忆。

不可能。怎么想都不可能。除非那是人为的，否则不可能有那么奇怪的柿子。或许，那个树尖上的果实比其他果实都大，所以才比其他果实长得时间长。由于没有被乌鸦啄食，它才能一直待在那里好几个星期。这对于小孩子来说，非常不可思议。于是，它就在记忆中被无限夸大。其实，事情不过如此罢了。

柿子的果实，不是很快就会腐烂的吗？

也许还会被虫子吃掉。

噢，或许是我误会了。记忆这东西，有时是会在不知不觉中被扭曲的。

即使是这样，我的心却仍不能平静。

我的那段记忆甚至有些可怕。

为什么可怕？

祖父。

祖父他死了。

他突然死了。

于是，我突然想起了祖父死的时候的事情。

记得祖父死的时候我刚好六七岁。大概正好是我上小学一二年级。我记得是这样。

我……

噢，我为什么会突然想起这件事？

祖父是个木匠。听说我出生的时候他还在干活，我上小学的时候他就退休待在家里了。在我的记忆中，祖父很老，总是一个人呆呆地坐在屋檐下抽着烟。我经常坐在祖父的膝盖上，不，应当说是祖父盘着腿，我坐在他的腿上。祖父浑身烟味，全身的肌肉硬邦邦的，却非常温暖、舒适。

虽然我这么说，可脑子里却没有留下任何实际的感受。

无奈，那都已经是三十年前的事情了。

原来如此。

那棵柿子树，还是那个时候的记忆啊。

所以我才会想起来。所以我才会感到害怕。

等一等！

那么，我为什么会感到害怕？

我不是最喜欢祖父的吗？

祖父非常慈祥，从来不对我发脾气。祖父死了，我很伤心，但我一点都不害怕。没有什么可害怕的。可我为什么要害怕呢？

噢，一定是因为那个垃圾桶。

那个垃圾桶里，装着和我不同的生物。一条活着的虫子趴在里面。也不知道它在想什么，所以我感到害怕。在那个柿子里……

不。

是柿子，是柿子的果实。

在那间废弃的旧房子里……

在那个长着一棵未经修整的柿子树的院子里。

我经常钻到里面，为了去看那棵柿子树。

是的，只要进去过一次，下次就不会再害怕了。只要没有人斥责，我就会一次又一次地钻进去，望着那棵大树。我总是会惦记着树尖上的那个永远不会消失的、既不腐烂也不脱落的巨大的果实。因此，我一次次地穿过那个开了洞的板墙，钻到院子里，抬头仰望着柿子树。

其结果……

啊！

有人！

有人有人有人！有人在看着我，从窗户里面。

有人从窗户里面看着我。一声不响地，大概从一开始就一直看！

我浑身毛孔张开。

就像有条虫子爬进了身体里，让我汗毛直立。

我想起来了。

在那个木质结构的肮脏的房子上，有一扇面向院子的窗户。

从那个窗户里，一个黝黑黝黑的……

黝黑的老太婆在看着我。

她浑身黝黑，怎么看怎么黑。就像拿黑色的蜡笔用力涂抹过一样，浑身黝黑。只有那双眼睛，那对眼珠里充血的发黄的眼白，显得格外醒目。除此以外，所有都是一片黝黑。或许只有头上掺杂了一些白发。皮肤是黑的，就像涂了黑漆的饭碗，要怎么黑就怎么黑。

那个黝黑的老太婆目不转睛地看着我。

啊！

好可怕！

那个黝黑的老太婆非常可怕。

我是什么时候发现她的视线的？

我像往常一样，抬起头望着柿子树。

望着那个树尖上的巨大的从不会脱落的柿子。

弯曲的树干和繁茂的枝叶挡住了我的视线，让我无法看清楚。

我踮起了脚尖。就在这时，我无意当中，完全是无意地看了一下旁边。

就在不远处，我看到了那个老太婆的面孔。

黝黑黝黑黝黑黝黑的老太婆，瞪着两只混浊的眼睛，看着我看着我看着我。

我感到一阵厌恶。

我甚至都没出声。因为那根本就不是人。竟然黑到如此地步，哪里有这种颜色的人？不，甚至动物也不会有这种颜色。简直比炭还要黑。我想起来了。她好可怕。为什么会如此可怕？那究竟是……

那究竟是什么？

按照常识，根本不可能有那种东西。是我的幻觉吗？如果是幻觉，那么为什么会有这段记忆？我看见了什么？我记忆当中的那个东西究竟是什么？那个黝黑的老太婆到底是谁？作为几十年前的记忆，我的脑子里那鲜明的影像究竟是什么？

怎么会有这么黑的老太婆？

是错觉。一定是错觉。但如果是错觉，我怎么会记得那么清楚？

那段记忆显得格外鲜明。那褪了色的木窗框，熏得发黑的玻璃，颜色古怪的窗帘，全都在我的记忆当中。就在那窗帘与窗帘之间……

还有那个黝黑的老太婆。

讨厌，实在令人讨厌。

我的大脑一片空白。这样一来，我反倒越发坐立不安。这种不可能存在的记忆究竟来自哪里？这种记忆到底是从什么地方侵入我的大脑的？难道说，我的大脑已经被虫蛀了吗？

原来如此，一定是被虫蛀了。

是因为那个垃圾桶里的柿子吗？

那东西是斜对面的那个老爷爷给的。就是那个整天无所事事的不中用的老家伙。

就是因为他，我的大脑都被虫子蛀了。我不行了。

不。

可是……

果真是那样吗？那里面，果真有一个老太婆吗？

柿 子　　**129**

然而有据为证，我的头脑中还有一些其他的记忆。

从那以后，我就再也没有进过那个院子了。

因为那里实在太可怕了。我实在忍受不了被那种不人不鬼的家伙暗中盯视。与其那样，还不如被我那野蛮的老爹打一顿骂一顿的好。被那种黝黑的东西盯视，简直就像虫子钻进了脑袋里，令人难以忍受。实在太可怕了。

可是，我仍然放心不下。

那之后，我也曾多次从板墙的缝隙中向院子里，不，是向那间肮脏的房子里张望。并且，每当我向里面张望时，都能看到那个黝黑的老太婆的身影。

她从窗户里向我这边盯视。

总是，一直，无时无刻，绝对。我想起来了，那是……

那是圣诞节前发生的事情。

是哪一年的圣诞节？我记得，一定是我快要到七岁时的那个圣诞节。

傍晚时分，外面寒风刺骨，空地上的杂草早已干枯。不知怎的我却又来到了那里。我已经记不得做了些什么。况且，附近邻居家并没有那么多小孩儿，我经常是独自一人玩耍。那个时候也是如此。

在寒冷干燥的北风里，我一个人站在空地上。

我睁大了眼睛，看着那棵柿子树。

那棵弯曲的……

弯曲粗大的柿子树的树尖上,那个孤零零挂在上边的柿子,突然发出了光芒。

啊!有亮光。

我感到一阵兴奋,兴奋得跑到了柿子树下。随后,我靠在木板墙旁,用力抬起头,望着那个发光的柿子。

那个柿子的确迸发出了光芒。傍晚时分,它在看似被清水稀释的、群青色的、昏暗混浊的天空映衬下,宛如握在手中的一朵晚霞,迸发出一簇橙黄色的光芒。

多么不可思议!

竟然会有这种事情!

紧接着,我从木板围墙的空隙之间,看到了更加……

更加……更加令人作呕的东西。

那个黝黑的老太婆的面孔出现在了我的眼前。那张面孔不断地膨胀,以至充斥了整个窗框。脸颊似乎有些下垂。膨胀的同时又开始不断地渗出,并且向着柿子树的方向逼近。就像煤炭一样的黑。

哪里会有令人如此作呕的东西?

或者说……

我怎么会留有了这样的记忆?难道这都是虚幻的吗?那是不可能的。就算是幻觉,未免也有些过于离奇了。

说起来,那个时间窗户怎么会敞开着?而且,那个黝黑的老太婆怎么可能膨胀得穿透了玻璃,越过了窗框?可是,那

柿 子

真的是个老太婆吗？难道不会是妖怪吗？那不可能是这个世上的东西。

不可能是。不可能是不可能是不可能是。世上没有那种东西。

我极力摇头。

就算是小孩儿，也不可以看到这种东西。

不，不。我不可能看到。怎么可以以为自己看到了？我不可能看到那东西。那个东西是不可能被看到的，因为它不是这个世上的东西。即使是错觉，那也不可能。那是妄想，那只能是我脑子里制造出来的虚假记忆。噢，不，也不是脑子里可以制造出来的吧。那种情况，通常是不可能想象得出来的。果然是被虫子蛀了。我的脑袋就像一个柿子，它被虫子……

那个黝黑的老太婆，越发膨胀了起来。

不行了。

我一个骨碌爬了起来，拼命地睁开惺忪的睡眼。实在有些奇怪。我需要冷静思考。我已经不是小孩子了。况且，又不是虫子。

这样的话……

我隐隐约约地感觉到，那所肮脏的房子，或许曾经和我家有着某种联系。所谓有联系，比如说，那里的土地是我家的。

或者那所房子是祖父盖的。

或是亲戚家的房子。

难道不是吗?

不是。那所房子……

——那个女人。

——是个下贱的女人。

——居然背地里往自己家里纳妾。

——我没有一点骂人的意思。

又一次传来祖母的声音。噢,准确地说,是记忆当中的祖母的声音。

祖母在我中学二年级的时候便去世了。

我曾经守在她身边为她送终,所以记得非常清楚。祖母曾患有胃癌,动过多次大手术,长期卧床不起。自从患病之后,性格也变得温顺起来,成了一位善良的老人。以前健康的时候,她可是个脾气暴躁的人。

记忆当中再现的声音,则是祖母健康时的声音,而且好像还是祖母较为年轻时的声音。也就是说,是我年纪尚幼时听到的声音。

等一等!

我想起来了。

那所房子,那所破旧的木质结构的平房,是小老婆的房子。

是的,或许——那里是祖父包养情人的地方。

当时我还是个小孩子,自然不会知道这些事,也不会有

柿 子　133

人告诉我——可说起来,很早以前我似乎也听父亲谈起过。我听到这件事情,是在我二十岁以后。那时我对祖父祖母的记忆早已相当模糊,虽然是家庭内部的丑闻,也毕竟是很久以前的事情,所以并没有引起我的兴趣。当时我只是敷衍了几句,随后便把它抛之脑后了。

是的。

没错。

而且……

不,等一等。

不对,不是说……

祖父是自杀身亡的吗?

好像是。不,的确是。

在我长大之后,是的,是在祖母的葬礼之后,祖父上吊自杀了。

听说是……在那个情妇住的院子里的树下上吊自杀的。

就是说,那是在……那样的话……

就是在那棵柿子树上……

原来如此。

祖父是在那棵柿子树下上吊身亡的。

这么一想,那棵柿子树的确有很多枝杈,非常适合挂绳子上吊。那弯曲粗大的树枝,似乎在向人们发出召唤。高度也很合适。回想起来,那些树枝的确会引起人们对死亡的幻觉。

表面粗糙，强壮有力，似乎在说，去死！去死吧！就是那棵树。

叫人去死，去死。

等一等！那，似乎是现在的我，在自己朦胧的记忆中，对那棵柿子树的曲解。

不。

祖父的确吊在了那棵柿子树下。

这一点我似乎已经确信无疑了。

在那根树枝上拴了一根粗大的绳索，大概还准备了一个破旧的踏台。

祖父将绳子套在脖子上，一脚踢翻了踏台。

究竟出了什么事情？什么事情让祖父感到愁苦呢？

我的祖父……

为什么他要自寻短见？

原来，我的祖父……

是的，一定是被人发现了。

一定是祖母发现了祖父的小老婆，以致大发雷霆……

是的。

我隐隐约约地记得。

家里吵吵闹闹的，父母急得不知所措，祖母则一直在大声喊叫。我的记忆中的确留下了那样一段光景。

我完全记不得那段记忆，而且那段记忆与任何回忆都不相连。直到今天，我仍然不知道那究竟是怎么一回事。我只觉得那是一段无关紧要的往事。可刚刚我想起的祖母的那段话，似乎就是当时的声音。

一定就是这样。

那么，我一定是闯入了祖父情妇住的院子，扒开杂草，捕捉虫子，站在柿子树下抬头仰望。

既然如此，那个……

那个黝黑的老太婆到底是谁？

我总觉得时间顺序不能吻合。我向那个院子里张望——从那个木板墙钻到院子里，究竟是在祖父自杀之前，还是在那之后？祖父去世的准确时间是在什么时候？或许，恰好就是在那一段时间。

噢，或许是那样。

但是，那似乎显得过于模糊了。

我一直放心不下，于是决定向母亲打听。

母亲显得有些无奈，吞吞吐吐地对我说。

你祖父去世的时候，你正好六岁。是呀，是自杀。就在那个、那个停车场后面的柿子树下。就在那儿，过去那里是一间房子，那棵树就在那个院子里。你祖父在那棵树下吊着，被高田家的儿子发现了。当时，大家看了以后都大吃一惊，街坊四邻一阵慌乱。那时候你还小，这种事情不好让你看到，所以没有告诉你。

可是，你上高中的时候不是就已经知道了吗？为什么现在又问起来了？

噢，是的……啊，是呀，是因为纳妾。那个时候叫二奶，就是小老婆，用现在的话说就是情妇。呃，说起这件事情，你祖母非常生气。这个，你不是也知道吗？

你不可能不知道。你父亲也曾说起过。他一定说起过。那在当时很不体面，真是让人没脸见人。现在人都已经去世了，也无所谓了。可话说回来，你为什么又要重提这件事？

是呀，你祖母知道了那个情妇——还记得是叫什么山田的女人，当时才三十四五岁。可你祖父已经快七十了。你祖母知道了以后非常生气。说他真是不知羞耻。

噢，你祖母气势汹汹地，把那个叫山田的女人狠狠地教训了一顿。结果那个女人先上了吊。

就在那棵柿子树下。

就在那年的夏天。

咦？

你祖父是在那年冬天去世的。他一定是随着那个女人去了。不对，好像不是圣诞节，似乎还更早。你不是知道你祖父的忌日吗？是十一月底呀。这些事情……都算了吧！

不要再提什么柿子树啦。

夏天不可能结柿子，结柿子是在秋天，到了十二月，柿子就都没有了，连叶子也掉光了。而且，那棵柿子树，根本就不结什么果实。

柿 子　137

怎么可能？那棵树上结满了果实！

算了吧，不要再说了。

不说就不说。

不过，我钻进那个木板围墙是在那个女人死了之后吗？如果是那样的话，那个黝黑的老太婆究竟是什么人？噢，难道说那真的是我胡思乱想出来的吗？

而且，那个黝黑的老太婆开始膨胀，或许应当是祖父去世以后的事情。

不，不。

或许那也是我的幻觉，甚至称不上幻觉，我的头不是已经被虫蛀了吗？

你没事吧？母亲问道。

怎么会没事？虫子，那条虫子。

噢，我惦记着那个柿子，总是放心不下。

我说你啊，从来也没去过那所房子，母亲说道。

什么叫从来没去过？

我去过的呀。

可是……

你一上小学就去过那里，而且还爬上了那棵柿子树。

真是的，真没想到你居然能爬那么高。那棵树，不是很大吗？可是你却爬上去了。你站在那根弯曲的粗树枝上，向上爬到了更高的地方。最后你掉下来了，还说什么要摘树尖上的那个大柿子。

树尖上的柿子……

是那个柿子吗?原来如此,我摘过那个巨大的发光的柿子?

那是不可能的,母亲说道。

我说过那棵树没有果实。那棵树根本就不结什么果实。那棵树上全是虫子,一直都是那样。可是你却爬上了树,最后掉下来受了重伤。摔破头失去了知觉,腿也骨折了,落下的疤痕应该至今还在。你忘记了吗?是的,你是和你祖父一起去的那个房子。是你祖父带你去的。后来你看上了那棵柿子树,趁着你祖父不注意便爬了上去。

结果,就暴露了秘密,所有的秘密。

你祖母知道了一切,包括他们之间的关系。竟然把孙子领到小老婆的院子里,还让他受了重伤,这不是什么光彩的事。你祖母一定说过,不许你再去那里了。你应该再也没去过那里。

说到底,也是在自己的家门口,却给情人盖起了房子……

你说什么?当时那可是新房子呀,是你祖父买了地,让弟子们帮忙建起来的。是为情妇盖的房子。而且,那棵柿子树好像是原来就有的。

那棵树现在不是也还在吗?

嗯?真的吗?

那棵柿子树现在还在。可那间记忆中的破房子到底是怎么一回事？如果那个时候房子是新盖的，那么那间房子，那间我的记忆当中又脏又旧的房子是怎么来的呢？难道那间房子现在还在吗？那样的话，我记忆中的景象难道就是现在的那所房子吗？

哪里有什么房子！母亲惊讶地说道。

那间房子，几十年前就已经拆掉了。你祖父死后马上就拆掉了。留着它多不吉利！在你养好病之前就已经拆掉了。所以我才说你没有去过那里。你真的没事吗？现在那里是停车场，你不是也把车停在那里吗？我看你是糊涂了吧？

糊涂了？

也许是，越说越糊涂。

可是我清楚地记得啊。

清楚地记得那个敞着洞的木板围墙，又脏又破的木头房子，累累的果实，那个挂在树尖上永远不会掉下来的柿子。还有，那个不断膨胀的黝黑的老太婆。难道说——这些都变成停车场了吗？

我确实把车停在那里。在那个停车场的后面，现在也长着一棵柿子树。那棵树，一定就是记忆当中的那棵柿子树。仔细想起来，它们的形状也一样。那里的确有一棵柿子树。有是有……

可是，那是不可能的。

我记得清清楚楚。

也许母亲在说谎。她似乎在隐藏什么秘密。

按理说，如果拆掉了房子，柿子树也会被一起砍掉。

因为已经有两个人在那棵不吉利的树下上了吊。

恨不得拆房子之前就应该把它砍掉。太不吉利了！

和房子比，更加不吉利的是那棵柿子树啊。

我不能理解，为什么没有把柿子树砍掉？听我这么一说，母亲沉默了。可是树还在——她只这样说了一句，并没有回答我的问题。我再一次追问没有砍掉树的原因，于是……

这事情不能说——母亲回答道。

不能说啊！

那也有不能说的理由吧。

我站了起来，母亲像从前一样显得有些慌张。

你……你不会是打算去看那棵柿子树吧？母亲惊慌地问道。

那里不能去吗？

我不会去的。

你不会去吧？你不是要去吧？

我说过，不会去的。

我回到房间，看了看那个垃圾桶。

从垃圾桶的边上……

一个黝黑的东西探出了头。它不断地膨胀着，开始顺着垃圾桶的边缘下垂。它不断地膨胀着，开始变得模糊不清。它一面膨胀一面用发黄的充着血的眼珠盯着我。

非常可怕。

它就在这里。

它从垃圾桶里长了出来，逐渐膨胀。它像一片阴云游移不定，显得那样晦气，恐怖得令人不敢正视。

那个黝黑的老太婆……

她给了我一个柿子。

一个熟透了的大柿子。一定是长在树尖上的那个巨大的、永不脱落的柿子。因为，它还隐约地散发着光亮。或许，是那个黝黑的老太婆爬上那高高的树尖采的。好大的本事！这个柿子一定不涩，一定是个甜柿子，里面一定充满了香甜的果汁。

话说回来，她还是那么黑。

比黑炭还要黑。就像用黑色蜡笔用力涂抹了一样，可怕得让人难以忍受。

这家伙好恐怖呀！

我从老太婆身上移开视线，看着拿在手里的柿子。

柿子并没有腐烂。或许熟透了会更好一些。熟透了会更加柔软，更加适合啃食。一定就是那样。多少开始有些腐烂才好。让我来尝一尝。

我翻过来看，只见一条虫子爬了出来。

一条精巧的、只有牙签大小的虫子的脸上显示出痛苦的表情，就像挣扎着的祖父。干脆说，那就是祖父本人。它横立着没有眉毛的眉骨，吧唧着没有牙齿的嘴唇。难道柿子里如此痛苦难忍吗？真恶心。我绝对不希望成为一条虫子。虫子祖父像痴呆了一样，吧唧吧唧地鼓动着嘴唇。

啊，那是祖父！我这样思忖着。

但还是觉得恶心，我把柿子扔进了垃圾桶。

空地上的女人

我为什么要道歉？我不认为自己是完美的，我也不认为自己一点都没有错。正因如此，如果有必要的话，我也不是不打算道歉。可是，那家伙却只肯接受自己认为完全正确的结论。这种情况下，我又怎么可能道歉呢？

我觉得，这种事情只要互相说一声对不起就完事了。

我一直以为对方也会这样想，不过也只是我的希望而已。如果不是这样的话，如果我不这样认为的话，我如此大发雷霆就显得太没有涵养了。

那家伙实在太卑鄙了。

我气得脑袋快要爆炸，只感觉眼前一阵晃动，全身的血液沸腾起来，整张脸涨得通红。

我狠狠地把咖啡杯扔了过去。

我完全失去了控制力，条件反射地随意抓起手边的东西，怀着满腔的怒火举起手臂，大喊一声，奋力将其抛出，只见一个物体迅速地飞了过去。

结果，飞出去的却是一只咖啡杯。我也顾不上那是什么东西，会砸在什么上面，完全没考虑过会是怎样一个后果。

杯子砸在了阳台窗户的玻璃上。随着一阵乒乒乓乓的声响，碎玻璃无情地散落在地上，咖啡杯也掉在了阳台上，摔得粉碎。

你干什么！你疯了吗？那家伙怒吼着。

你为什么要生气？都怪你自己不好！

吵不过就动武！你这个女人，也太恐怖了！

讨厌讨厌讨厌讨厌！

记得我只说了这些。我什么也不想听。不想听他说教，不想和他商量，不想得到他的理解，也没想让他屈服。所以我才说了这些毫无意义的话。其实，我真想大吼一声，以此发泄内心的郁闷。

之后，我又扔了些什么东西。

你不要太过分了！那家伙怒吼着，拽住了我的右手。放开我我讨厌你别碰我我嫌你脏！我用力挣脱他的束缚，由于用力过猛，手指碰到了什么东西的角上。我感到一阵剧烈的疼痛。

好痛好痛好痛！

怎么搞的！

干吗闹得这么厉害！有什么意思？为什么这么不管不顾的？你再有理也不能这样胡闹。我看你是要疯了！

放开我，我讨厌你！

空地上的女人 147

我又抓又打又踢又叫，闹得一塌糊涂。天花板、地板上、墙壁上，不管三七二十一，耳朵里像是突然响起了轰鸣声，完全听不进那家伙的劝阻。

闭嘴，不要吵了，太过分了。

我想那个浑蛋家伙不外乎就说了这些。

待我清醒过来以后，却发现自己已经走在了大街上。

记得我大叫了一声"再也不理你了"便一个人冲出了房间。我只记得自己这样大叫了一声。

其他便一概不记得了。

我的脑子里一片空白。

可是我脚上穿着鞋子，手里还拿着皮包。我不记得离开时曾经发生过扭打，看起来他并没有劝我留下。或许事情已经得到了结——所以我才离开他的房间？

不对。

事情不可能得到了结。

根本就没有理由。两个人争吵到如此地步，必定存在着引发分裂的导火索。但那也只能是导火索，而不是事情的起因。起因则存在于更深的层次。它或许和扎根于我头脑当中的邪念有着密切联系，或许还与那家伙隐藏在表面背后的、那动辄掉眼泪的优柔寡断的性格紧密相关。因此，事情不可能在五分钟或十分钟内便迅速解决。

无疑，我已经对双方那无休无止的争吵感到了厌烦。或者说，已经开始对那得不出结论、没有任何意义的争论感到了疲倦。因此，我才破门逃了出来。

我最讨厌做事情优柔寡断。

那好，我们各奔东西——除此以外，没有任何行之有效并且近乎完美的结论。已经没有什么重新考虑的余地，这是一百年以前就早已得出的结论。

然而，那家伙却企图躲避这唯一的解决方法。尽管我曾多次提出要求，可他却只当耳旁风，或者有意打岔，抑或故意曲解。他总是想蒙混过关，以此敷衍了事，最后弄得我筋疲力尽。

无奈，我也只好不了了之。

这种事情我已经受够了。

永远永远永远永远地这样无休无止。在泥滩上铺起塑料布坐在上面吃便当的生活我已经受够了。黏黏糊糊的，嘴里只会说什么喜欢呀爱的，难道这样就能够得到人家的原谅吗？

的确，有时回忆起过去我也感到留恋，无法一下子全部抛弃。对于那些不尽如人意的事情，我也知道睁一只眼闭一只眼，有时甚至尽量予以回避。尽管如此，可那毕竟是现实存在的，一想起这些我就很难保持平静。

我已经有所预感。

既然已经预感到终将走向破裂，就很难做到继续忍受。幸福寄希望于对未来的期待。而这种前途渺茫的生活，到头来

空地上的女人　　149

只能是自欺欺人。

这种事情想起来就让人感到气愤。

我经常生气，肚子气得鼓鼓的。

我最讨厌那种男人。每当我提出分手，他就突然痛哭流涕，抱过来亲吻，让人打心眼儿里厌恶。我不愿被这种人继续纠缠、欺骗，于是我义无反顾地挣脱了出来。

我不是怕麻烦而图一时躲避。

我已经下定决心抛弃一切。

噢，够了够了够了实在是够了。

现在几点了？中午过后便开始了无休止的争吵。算起来，战争状态也已经持续了两三个小时，估计现在已经是下午三点左右了。想确认时间却发现没戴手表，一时又懒得从皮包里取出手机。现在，我已经对一切都感到心灰意懒了。

这条街到处乱糟糟的，视野又不好。住宅、商店、办公室混杂在一起，无法区分。脏兮兮的大楼并排排列着，店铺、公寓、办公室乱作一团。

空气混浊却又稀薄，密度极低。这个季节本不应这么干燥的，但皮肤却感觉粗糙。或许是因为气压低的缘故？

那是不可能的。

这里是低洼地，海拔应该很低才对。

或许因为这里是那家伙居住的城镇，我才会有这种感觉吧。和他在一起的记忆中，普通的街道也会变得一片嘈杂，蓝色的天空也会变得一片混浊。

啊！空气好脏呀。

而且寒气逼人。

感觉冷吗？

夏天已经结束，却尚未嗅到秋天的气息。按照往年的情况来看，这个季节会出现所谓的秋老虎，房间里还需要开冷气呢。

至此，紧张的情绪才开始有所缓和，周围的景致也开始变得舒适。极目远眺，远处嘈杂的街道上空混浊一片，仿佛一张老旧的黑白照片。

果然，今天几乎没有一丝阳光。天气非常恶劣。如果这个时候下起了雨，那就是再倒霉不过的了。抬头望去，天空依旧一片清澈。

并没有要下雨的迹象，或许这个小镇本来就很干燥。

或许并非如此。我正在思忖之时，眼前出现了一座小桥。

原来是来到了河岸边，所以才感到有些凉爽。

再加上尘土飞扬。这座桥常有大型车辆通过，那噪声更助长了尘土飞扬的气氛。正当我左顾右盼时，果然有两辆卡车从身边飞驰而过。

是干燥还是湿润，是炎热还是寒冷，是明亮还是昏暗——为什么这些都如此模糊不清？我感到心烦意乱。

才午后三点，却是如此昏暗。整个小镇显得特别沉闷，

空地上的女人　　**151**

完全没有活力。

这座桥与河面相比显得过于宏伟了。或许那是因为它是大型车辆通过的交通要道吧。旁边的那条步行街，路面铺设的瓷砖图案新颖，街道两旁的路灯造型也十分别致。但所到之处，却无不让人感觉到某种缺憾。

与那个家伙如出一辙。

在桥中央附近，我略微放慢了脚步，观察着河面的情况。

感觉这里视野十分开阔。

两岸是白色的沙滩，到处散布着草丛，中间一道无情的河水顺流而下，偶尔也会有几个钓鱼的人。而现在，那里却没有一个人。也不知道这河里可以钓到什么鱼。

相隔不远的地方，同样的桥并排着有两座。桥那边更远的地方是一座不高的山峰。

山的存在感并不强烈。或许是阴天的缘故，颜色也显得暗淡。

总之，视野还算开阔。尽管如此，却没有更多的发现，这让我感到失望。

感觉一点都不爽快。再往上走，到了上游，河水或许会更加湍急。相反，下游或许正在进行堤岸防护工程。这样一来，这条河立刻就会变成一条污水沟。

我这么想着，将目光转向了下游。这时，迎面来了一辆大货车轰轰隆隆地从桥上驶过，扬起的灰尘迎面扑打在脸上。

过了桥，便来到了一条通往车站的大道。

眼前的景色几乎没有发生变化，只是见不到住宅公寓了。我觉得这里并没有住宅，不知道是否果真如此。下了桥是一个小广场，广场上有一个公共厕所。隔着一条小路，对面是一家便利店，由此往前一直通向站前。

普普通通的风景。

我朝着车站方向走去。我冲出那家伙的房间，来到这个陌生的地方，既不是漫无目的地闲逛，也不是为了清醒头脑，更不是为了治愈心灵的创伤。这些都不是我的本意。我正在按原路返回罢了。

真是无聊。

在便利店前，我猛然醒悟了过来。

我没有原谅那家伙。不，这已经不是什么原谅与不原谅的问题了。一想起那家伙，我就气不打一处来。不愉快的事情一幕一幕出现在眼前，令人窒息。说起来，我只是开始恢复平常心态，只要不想起来就不会继续烦恼。

本来我今天就没打算要回家，先去吃个饭吧。

在便利店买个便当回家，似乎显得过于凄凉了。再说要买的话，也得在家附近。没有理由在这脏兮兮的小镇上的便利店买。况且我本来就不愿意提着便利店的食品袋乘电车。这个时间段乘电车的人又不多，一个人提着个便利店的食品袋乘车显得很是寒酸。

我沿着大道向车站的方向走去。

招牌庸俗的印章店、从不见开张的鳗鱼店、投币式自助洗衣房，附近没有一家像样的商店。我穿过天桥，继续往前走着。到了车站附近仍不见街道两旁的风景有所变化。味道绝对不怎么样的拉面馆、下流的成人用品商店、突然冒出来的乐器店、张贴着早已过时的褪了色的巨幅艺人剧照的自行车行，眼前都是这类店铺。

新开业的大型家具及家庭用品连锁店，门面格外气派，可里面摆放的家具却全是些品位低俗且不值钱的便宜货。

我也曾和那个家伙到这里来过两次，买过一些暖炉上的盖被。

我不想再回忆那些事情，于是加快脚步迅速离开了那里。到了车站，进入站前左右两旁狭窄的商业街。或许还会有更好的商店？

只是，不知道这个时间是否会开门。

总之，一切都不令人满意。

季节、时间、地点、心情，没有一件事令人满意。

还不如干脆去车站坐上电车到别的地方去，可问题是去哪里呢？这个时候如果一个人特意去一个像样的小镇，去一家像样的店铺，总是会让人感觉有点委屈，又显得有些凄惨。我也不想给朋友打电话，那样更会觉得自己败下了阵。

败给谁？当然是败给了那个家伙。

我决不会因他而动摇，因他而悲伤。然而，如果一个人特意到了一个新的地方，给朋友打了电话，并且做出了什么特殊的举动，在那个时点上就等于败给了那家伙。我觉得自己已经败了。因为为了那个家伙，我已经做出了特殊的举动。

为了那个家伙。

啊，为什么竟成了这个样子？

我真想把那个男人从我的头脑中赶出去。我不需要那种小肚鸡肠的男人。我真想把和那家伙共同拥有的那段时间全部抹掉。实在太让人生气了。

我为什么要道歉？虽然我也是……

不行！我又在兜圈子了。

讨厌讨厌讨厌！

红绿灯又闪了。这么窄的小路，有什么必要在人行横道上安装信号灯？又没有汽车通过，大型卡车也进不来。

我想闯过去，却又停住了脚步。

不过，这里过往的行人却异常稀少。噢，这一带恰好是办公设施比较集中的地方，这个时间在大街上转来转去的人本来就不太多。看起来，这里要想热闹起来还需要再等一段时间。

牙医诊所里空空荡荡的，没有一个病人。

那旁边的画廊也空无一人，里面没有展示任何作品。或许是正在更换展示内容，也可能已经倒闭了。记得第一次来到这个小镇时，那里正在展出一位什么造型艺术家的作品。那个家伙还给我买了一件手工制作的饰品,当时我还说很可爱。

那并不是我的心里话。

其实那东西一点也不可爱,是里面最便宜的。

那东西早就不知道放在了什么地方。回去以后一定要把它找出来扔掉。是的,我要把它们全部扔掉。只要是那个家伙碰过的东西,就必须全部处理掉。这样才痛快。我真的不知道有多么讨厌那个家伙。我要用实际行动让他知道。

否则他也不会知道我是真的讨厌他。

不然又要不了了之,这次我死也不会放过他。

对面人行道上走过来两三位老人,可是这边却没有一个人。刚才还看见几个人影从身边擦过。

这条街竟然如此萧条。

还有这个小镇。

那家小店,也看不出是理发店还是美容店,正正经经地挂着牌子,门脸也还像那么回事,却只有老太婆一个客人。看来今天也不会有其他客人了。这座楼的上边又是怎样的呢?或许也有一些小公司行将倒闭。

旁边是一家不动产的中介公司。

原来还说要住在一起……

为此,我还曾和那个家伙一起来这里挑选房子。竟然也会有这种事情!

如果两个人在一起生活,就需要更大点的房子。

如果把现在两个人分别支付的房费加在一起的话，可以搬到一间更大的房子里。

那个家伙曾这样对我说。我也勉强表示过同意。难道那个家伙真的是那样想的吗？

——就是这家。

笠置不动产公司。

是的，当时我们就站在这里挑来挑去的，可挑了半天也没有确定下来。

没有合适的房子。

而且房价又贵。

间量怎么这么小？真是让人不敢相信。

看起来，这家不动产中介公司有点靠不住。

管理一定很差，过不了多久就会倒闭。

我已经忘记了是在什么时候，不过那个家伙绝对说过这种话。

现在回想起来，当时没有因一时头脑发热而把房子租下来，也算是万幸——不过，那时无论如何也不可能租得起公寓。即使能够付得起房租，可由于手头根本没有积蓄，所以也不可能付得起押金和酬金。且不说我，那个家伙根本就是只看不买。

至于我嘛……

当时真的有那种打算吗？

那以后我也曾多次路过这里。每次路过，我只是把那家不动产中介公司当成风景一带而过，并没有给予过多的注意。

好像那家不动产中介公司并没有倒闭，而我们的关系却先崩溃了。看起来，还是我和那个家伙的关系更加脆弱。

我停下脚步，望着那贴满了整个橱窗的房屋广告。

黑乎乎、脏兮兮的，似乎已经贴了好久。好像根本就没有人来租房子。完全没有运转，尽是些旧广告。而且上面标明的地点都很偏僻，根本不知道在什么地方。房间布局也很老旧。广告语也不吸引人。什么购物方便啦，可能只是些私人小店。落款下方那潦草的签名，只能让人看了以后不由得发笑。

真的要倒闭了吗？

店里坐着一个老头儿，电灯也都亮着。虽然看不见客人，但好像还在营业。或许这座旧楼本身就是那家不动产中介公司的财产，单靠楼上的租金就完全可以维持公司运营。

可是，店铺旁边狭窄的楼梯入口处却明明写着户崎大厦的字样。

也许我说得不对？

随便它怎么样，和我也没有关系。

不动产中介公司那个户崎大厦的隔壁——

是一片空地。

那里至今仍然是空地。

据我所知，那块地一直空闲着。另一侧隔壁是一座出租楼宇，一层是一个中餐馆，那里的煎饺难吃得要死。饺子皮硬得要命，馅儿料没有一点味道，松松散散的就像吸尘器的垃圾袋里装的东西一样。不过，话说回来，人的口味各有不同，我不好过于说三道四。但那家的煎饺也真是够糟糕的。

门口胡乱挂着一块招牌。

这家中餐馆看起来还没有倒闭。

但是，空地依旧是空地。

后面有一座大楼。那后面的楼是干什么的？外观看上去也还朴素。

那块巴掌大小的空地，被不动产中介公司的大楼、中餐馆和那个不知道是干什么的旧楼从三面夹在中间，整日照不到阳光，显得很寒酸。它的另一面面向站前大道，看上去地段不错，却是建什么都不合适。噢，因为太狭窄的缘故，就算勉强去建也只能盖一座像铅笔一样细长的楼房。

似乎还不到一百平方米。

狭窄的空地上长满了杂草。噢，说杂草似乎又太高了一些，大约有小孩子那么高，密密麻麻的也说不上是什么植物。我第一次见到时就是那样。

四周用木桩拉着铁丝，以示和人行道的区别。

仔细一看，中间立着一块土地转让的标牌。

噢，原来是要出售呀！看来是块剩地，这种地皮不可能卖得出去。不动产中介公司大楼或者中餐馆大楼，其中任何一座大楼被拆除,或者两座大楼同时被拆除,合并在一起或许还能卖出去。可现在看起来根本没有利用价值。也许,这只是外行人的想法。

牌子上没有写价钱,只标明了地址、负责管理的不动产中介公司的名称以及电话号码。

我站在空地前,望着那褪了色的标示牌。

上面写着鸟坂商事不动产管理部。

啊,这个牌子我见过。那是和那个家伙在一起的时候。

怎么?

旁边的那块空地,居然被另一家不动产公司管理着!

这家不动产公司果然不行了,连自己旁边的空地都弄不到手。

那个家伙曾经这样说过。

冷静下来想一想,这话说得毫无道理。就算是不动产公司,也不可能把别人的土地怎么样。即使是公司隔壁的土地,也不可能把它买下来。

只是有一点,旁边守着这么一片荒地,作为不动产中介公司,无疑会损害自己的形象,实在是很不雅观。由于这块未能出手的不动产土地,笠置不动产公司已经蒙受了极大的损失。

可话又说回来——

我第一次看到这片空地是在什么时候?和那个家伙并排一起站在这里,那是在三年前吗?不对,是五年前,好像已经过了五年时间。

这么说，我已经和那个家伙拖拖拉拉地交往五年了吗？

而且，这块空地也已经闲置这么长时间了吗？

光线开始发暗。

距黄昏还有一段时间，附近却是一片昏暗。

难道只有这片空地是昏暗的吗？从所处的角度来看，空地的确得不到光线的照射。虽然如此，却仍然显得有些特殊。这条阴暗的街道，使得整个小镇看上去一片昏暗。处在其中，这个空地就越发显得昏暗。

空地上通风也很差。大街上尘土飞扬，干燥的空气呼啸吹过，而空地的上空却是一片污浊。空气完全没有流动。空气中发出阵阵腐朽的气味。停滞的空气甚至开始腐烂。

然而却感觉不到潮湿，反而是干燥。杂草看上去已经枯萎，就像是一堆干草，一根火柴立刻就能点燃，就是那种感觉。

可是，杂草似乎并没有枯萎。

它们一茬接一茬，毫无节制地疯长着。怎么能说它已经枯萎了呢？然而，却看不到绿色。杂草丛生，却不一定是葱葱郁郁。这才是真正的枯草的颜色。夏天刚刚结束，本应不是这种颜色的。只有在这片空地上，才显出了冬天的景色。

这里长的到底是什么草？记得曾经听一位学者说过，并不存在叫作杂草的植物。那么，这里的草也有名字吗？

当然有的。

突然想到，这片空地究竟值多少钱？毫无疑问，比起五年前一定便宜了许多。绝对不会是一样的价格，因为根本卖不出去。

可这跟我又有什么关系呢？即使不值几个钱我也买不起，就算买得起我也没有打算买。所以说，与我毫无关系。

我一边思忖着，一边眺望着远处的草丛。

草儿轻轻地摇摆着。

好像刮过来一阵微风。

谁？

那是谁？

噢，不必管它，我思忖着。

该走了。一个人望着那块空地有什么意思！我心里琢磨着。

在这里磨蹭些什么？还不赶快离开！我转过身，就在我准备向车站方向迈出脚步时——一种奇妙的感觉触动着我的全身，我似乎感到浑身麻木，甚至还有些疼痛。

怎么回事？有谁在那里吗？

我再次转过身，将目光投向了草丛。

在那片颜色干枯的茂密的杂草丛里，有一个女人。

有一个女人伫立在草丛中间。

大概在空地的正中央，一个女人四肢无力地，呆呆地伫立在那里。大约和我年龄相仿。那个女人面无表情，既没有笑，也没有气愤,更没有哭泣。

然而……

她似乎是在看着我。

什么?

那个女人,在那里做什么?

她的脸上没有化妆,看上去面黄肌瘦,显得有些憔悴,疲惫不堪。或许是因为光线昏暗,抑或是由于干枯的杂草的映衬,才让人有这种感觉。

她的脸被杂草遮掩着,只露出了一半。

或许是这一原因,可尽管如此,却还是显得过于阴沉。

她为什么一直在看着我?

也许是不动产公司的职员?不,怎么可能?

那是不可能的。

推销或者拉客?

——怎么会是那种表情?

那个女人,完全面无表情。

好恐怖!为什么她一直在看着我?而且一动不动,一动不动地死死盯着我。无耻!这时……

我也动弹不得。

我一时也变得动弹不得。

我也只能看着对方。

她一直看着我。一直从草丛里看着我。

她上身穿着一件深蓝色的马甲。也许是银行的制服吧？她头发并不很长，似乎有些蓬乱。怎么……这是怎么一回事？

为什么会遇到这种倒霉的事情！

"请……"

我想说请问，嗓子里却发不出声音。

喉咙像是被堵住，说不出话来。

对方还在看着我。

也许她有什么事情？如果没有事的话，就不会这样盯着我看个没完。

噢，她还在看着我。那个女人！

寒冷，阴暗，枯燥。

空气十分干燥，连呼吸都觉得困难。我感到肩膀沉重，像是患上伤寒一样浑身疲倦。

为什么没有行人走过？为什么路上没有一个行人？这地方可是站前大街呀！而且，为什么光线如此昏暗？现在还是白天呀！

才刚刚过了下午三点。

她怎么不说句话？

至少也要眨一下眼睛。

我背后感觉到一阵凉风，仿佛有什么东西正在经过。好像是辆卡车？司机可能已经看见了我。在这一片凄凉萧条的站前大街的空地前，两个女人站在那里互相注视着对方，这怎能不引起路人的注意？

是的。

奇怪！那个女人好奇怪！

空地上杂草丛生，可草长得再高也只有小孩子那么高。顶多一米左右，这个高度不足以遮住对方的脸。那不可能是蹲下的姿势。也不像是在跪着，当然更不像是在坐着。那个女人看上去，无疑是在直挺挺地站立着。尽管显得有些无力，却是直立地站在那里。虽然只能看到上半身，她的确是在站立着。

然而……

那个女人的脸却被杂草遮住了一半。

绝不是因为身材矮小，那个女人和我的体格大小差不多。

膝盖以下埋在土里——似乎给人这种感觉。要不然的话，就是膝盖以下不存在？

这怎么可能？

难道说，她的腿被人砍掉了？可是，说被埋在了土里也不大可能。或许是我的错觉？比如说，也许这片空地的地势比我站着的人行道矮了七八十厘米。如果杂草的高度在一百七八十厘米，那么正好遮住了她的脸。

不！

空地与人行道的高度平行。

可是——是的，也许那里是个斜坡？越往里走地势越低？否则的话，就是像研钵一样中间是凹进去的。难道这个空地，会是这样一种特殊的地形吗？

这是一块预出售的空地，一定经过了平整。

可话又说回来，她到底要盯着我看到什么时候？

我希望她能够流露出一些表情。她不可能什么都不想。比如说，对我表示鄙视、嘲笑、蔑视，或者找个茬挑衅，那样反倒会让我心里感到踏实。

这样下去的话，我也不可能视而不见。

可另一方面，不知道为什么我却动弹不得。

不要以为我动弹不得，你就看个不停。你是什么人？我是因为和那个愚蠢的没有志气的卑鄙的男人吵了架，发生了动摇，产生了兴奋，出现了错乱，所以才一个人跑到了大街上闲逛。我就是这样一个无聊的女人。我既不喜欢他，也并不讨厌他，靠着惰性我们竟然交往了五年之久。当然是因为惰性，所以有时也感到厌烦。可是当我寂寞的时候，想要撒个娇，对方却反过来冲我撒娇，这就让我感到愤怒了。就是因为那么一瞬间的感情破裂，我突然变得任性，对对方横加指责，甚至只考虑眼前，这一点我必须承认自己也有错。

我为什么要道歉？

我有错，可那家伙也有错。

而且，即使我不道歉，那家伙也会原谅我。与其说原谅，更像是视而不见。他装成若无其事的样子，似乎还挺高兴。我讨厌他那个样子。我已经受够了。即使那家伙道歉，我也不会原谅他。即使是小事,即使看上去无聊,但讨厌就是讨厌,这一点我决不妥协。我的忍耐已经到了极限。

就算是我不好,但是我说过,我已经到了极限。

我就是这样一个麻烦的女人。扒开外面的一层表皮,内心已经完全腐烂。所以,我才提出彻底地和他一刀两断。我希望从今天开始。

我就是这样一个女人,你觉得奇怪吗?

所以你才会一直看着我,对吗?

你要笑就笑吧!我是个无聊的女人。早已经不那么年轻,可还是这副样子。甚至自己也感到无奈,觉得好笑。话说回来,你到底是什么人?

觉得好笑你就笑吧!

为什么只是看着我?你没有感情吗?

你什么都不想吗?只是呆呆地站在那里!

这么说……

——她死了。

这家伙,这个女人,难道是死了吗?

一旁的杂草在微微地颤抖,可那个女人的头发却纹丝不动。可是,那的确不是幽灵。因为她的确在那里,的确就在那里。那可能也不是尸体,因为她一直在看着我。

不要看我!

被死了的女人盯着,该有多么可怕!

可怕！

可怕可怕可怕！

可怕可怕可怕可怕可怕！

骤然的恐惧从后脖颈到后脚跟直冲而下，令人感到不寒而栗。仿佛上百条虫子在我的后背爬着，并沿着脊背一齐向下蠕动，让人感到不安。太可怕了。

看来这家伙已经死了！

讨厌讨厌讨厌！

被那一半脸遮在草丛里并且毫无表情的空地上的女人死死盯住，甚至可能被她杀害。

讨厌我要逃走我要离开我要跑开哪里有餐馆为什么没有人经过旁边就是车站这里为什么那么黑噢来了一辆大卡车还没有到冷的季节啊好可怕为什么我要道歉那家伙呢空气这么干燥空地的空气开始腐烂可是干枯的杂草却生长茂密可怕可怕真可怕。

那个女人实在可怕。

"留美！"

怎么，那家伙说话了！

"留美，都是我不好！我道歉，快回去吧！或者我们在什么地方……"

"讨厌！"

我说道。

"你还在生气吗?我向你道歉!你在这里做什么?"

你说我在做什么?

你一直在看着我。我不需要你。不要碰我!我说你不要碰我!我不需要你的拥抱。肮脏的家伙。我讨厌你。滚开!

那个女人一直在看着我。

"留美,回去吧!留美,没有了你,我会……"

"不要碰我!"

我甩开那个男人的手,拼命地把他推倒在地。

"为什么要这样!"

"不要碰我!我讨厌你!"

是的,应当就此逃脱。那个卑鄙的家伙,我根本不想见到他。要跑就必须趁现在。这样一来,这个家伙,那个女人,噢,快跑。

为什么身子会缩成一团?

我看了看空地。那个女人半边脸遮在草丛里,仍在看着我。

"休要无礼,你这个臭女人!"

倒在地上的男人重新站了起来。快!快跑!

"我总是让着你,可你却越来越放肆。你知道我做出了多少让步?为什么不让我碰?为什么讨厌我?为什么把我说得那么坏?"

"你说什么?放开我!你要干什么?"

为什么逃脱不开！我用脚踢他，踹他。可是那个男人却毫不退缩，他抓住了我的肩膀。我拼命地挣扎。放开手！你这卑鄙的家伙！我用唾液吐他。那个男人气急败坏，用手抓住了我的脖子。这家伙，他真的生气了。他完全失去了控制。手指掐在我的脖子上。我喘不过气来。感到一阵眩晕。我可以原谅你。毕竟我们也有过一段欢乐的时光。可是……

似乎一切都已经晚了。

我用充血的眼睛望了望空地。

那个女人依旧是面无表情。

预 感

谷崎先生住在一所濒于废弃的旧房子里。

说是废弃，其实并不是因为那所房子老旧，或是已经破损。

的确，那是一座古老的建筑，不可能像新房子那样漂亮、整洁，到处都已经开始老化。可是，谷崎先生是个勤快人，他总是把自己的房子打扫得干干净净，并且认真对损坏的地方加以修缮。因此，那所房子看上去和其他的房子并没有什么两样。

但是，在谷崎先生的心中，那所房子却已行将废弃。

"作为房子，它已经死过一次了。"

谷崎先生这样说道。

"公寓和商品住宅或许还不一样，但我觉得房子这个东西是建造它的人自己的天地。只有建造它的人居住在里面并且在里面生活，房子才具有生命力。"

那所房子是谷崎先生买下的二手房，那是三年前的事情。

原本业主出售的是土地，建筑物只是附带着加在了上面。不，与其说是附带着加在了上面，倒不如说是多余。因为，当时土地的转让条件之一便是，有一旧宅，需要拆除。通常情况下，应当先拆除地面上的建筑物，平整土地之后再予以出售。或许是卖方急于出手，抑或是中介公司的原因，这些谷崎先生似乎并不太清楚。

"经过交涉，卖方同意将拆除费用予以扣除，可是我却没有拆掉那所房子。当初我还以为自己赚了一笔，可后来才发现，那所房子需要大修，否则将无法居住。结果，修缮费用比拆除费用还高出了许多。尽管如此，比起新建一所房子还是便宜了许多。"

那是一所很旧的房子。

可是，在谷崎先生看来，房子破旧本身并不是问题。

"无论是经过了一百年还是一千年，只要有人住在里面，房子就具有了生命力。噢，当然，说它具有生命力那也只是一种比喻。我并不是说房子像漫画一样具备意识，甚至可以传递感情。建筑物到底还是建筑物，同样是破损的房子，有人居住和没有人居住，情况则完全不同。"

只要使用，东西就会磨损。

房子也是物品，所以也会不断地磨损。

扶手会被磨损，墙壁会被弄脏，柱子也会被划伤。地板和顶棚也是一样。至于说门窗拉门，也会因开关不严、合页生锈、玻璃破碎等原因出现这样或那样的问题。

"这种事情根本无法预防。无论多么小心翼翼，物品都会随着使用年头的增加而逐渐老化。而建筑物又与其他物品不同，我们总不能把它装在箱子里整天供起来吧。没错，有时为了保护历史建筑，也会在建筑物周围修建起一座更大的建筑，将历史建筑围起来。如果不这样，就无法对房子进行保护。而且那种情况的话，人就无法进到里面去了。"

因为总是会暴露在风吹雨打太阳晒的环境当中，即使不去管它，外观也会受到损伤。

内部也同样如此，只要有人居住就会出现破损，甚至出现伤痕。

"资产的价值会逐年下降，这一点也可以理解。其实事情就是这样的。可是如果房子里面漏雨，那就很麻烦了。比如，吃饭的时候，雨水从屋顶上滴滴答答地落下，这样一来，不仅会让人感到不愉快，也会因此遭受灾害。所以，我要对房子进行修缮。屋顶和其他地方也是一样。厨房、浴室、厕所等那些通水的地方，就更需要经常维护了。"

修缮，破损，再修缮，就是这样周而复始，谷崎先生这样说道。

"这个嘛，就是所谓生物的新陈代谢。就好比旧的细胞坏死，新的细胞不断补充。生物过了壮年期就会走向衰老，活着的时候就要不断地新陈代谢。房子也是同样的道理。"

房子旧了就会破损、老化，但有人住在里面，就会时常地修修补补。这样一来，破损的程度就会不同，坏了立刻可以得到修缮。据谷崎先生说，这样会完全不一样，而其中最大的不同就是污垢。

"房子会脏的呀。因为有人住在里面，有人使用，所以无论怎样打扫，房子也还是会被弄脏的。有时地上会落下一些头发和体毛，还会沾上一些油脂。总之，人本身就是很肮脏的嘛。只不过人故意将自己打扮得得体一些，生活中注意卫生而已。"

因此，谷崎先生才认为有人居住的房子富有生命力。

也正因为这样，房子才会反映出建造并居住在里面的主人的个性与人生观。

"噢，我这么说一点也不过分。每个人的生活方式都不一样。有的人每天都要擦地板，而有的人懒得甚至一年到头都不打扫一次。这和房子的破损程度没有关系。"

所以，按照谷崎先生的说法，有的房子即使没有死，却已经破旧不堪。有时尽管非常破旧，可活着的房子依然具有生命力。但是——无论如何认真保养，只要没有人居住，房子也会死去的。

"噢，我不知道应当如何解释。我觉得，没有生活气息的建筑总是不一样的。说是生活气息，其实并不是指有没有人在里面睡觉。比如别墅，一年当中并没有几天有人住在里面，但它却依然活着。又比如办公室，当有人在里面办公时，它也

预感

还充满着朝气，但只要人一离开，它一下子就会变得死一般寂静。"

不经常使用的房子就不会被弄脏。因为没有人使用，所以从道理上说是不会被弄脏的。可是，那种房子绝不可能是干净的。因为，房子就是放在那里也会落上灰尘。严格地说，它不可能不受到污染。而且，也并非只是落上灰尘，不使用的房子还会慢慢地趋于老化。

"不是经常可以看到一些废弃的旅馆和一些破碎的玻璃门窗吗？那绝不可能是因为经营不善，经营者自暴自弃，一赌气才把玻璃砸碎的。要么就是过路人的恶作剧，要么就是狂风吹打窗户致使玻璃被砸碎。无论如何，那都是自然的——或许也有一些是不自然的，总而言之，是在不知不觉中被打碎的。"

在谷崎先生看来，那并非破损，而是破落。

"准确地说，那是破落。虽然也是因为没有人修缮，但那是无法治愈的。如果人还活着，受了伤可以治疗，创伤可以治愈。虽然可能留下伤疤，但伤口总是可以愈合，流血也可以被止住。可如果死了的话，就无法治疗了。其中的道理都是一样的。人上了年纪后会逐渐衰老，这和人死了以后开始腐烂完全是两回事。同样的道理，房子如果没有人居住，它的荒废状况和破损程度也会完全不同。"

的确，失去人气的建筑其荒废的速度实在是异乎寻常。短短几个月的时间就会变得面目全非，惨不忍睹。

建筑这东西，有人使用时姑且不论；如果不再有人使用，则不过是一堆死去的木材和泥浆沙石之类没有生命的物质的堆砌。在自然界当中，这些东西注定会逐渐分解，化为尘埃，并且最终消失。从这个意义上说，这一存在形式本身或许才是它们的本来面目。

"噢，我觉得这话有道理。所谓生命，其本身便是违背自然天理的产物。它通过代谢来谋取自身的延续，并且通过复制自身保存自己的种类。这一形式本身，便是与面向消失而不断扩散的宇宙的存在形式背道而驰的。噢，我不是这方面的专家，也说不出更深的道理。"

谷崎先生笑了笑。

"所谓宇宙，就像科幻一样，噢，也可以说是世界，世界本来就是一团乱麻。不，世界原本井然有序，却逐渐变得杂乱无章。这似乎也是理所当然的。相反，则是不自然的。要想让杂乱无章的东西排列得整整齐齐是不可能的。所谓生物，则是大自然孕育的不自然。其中的文化，便是顺应这一不自然而产生的。我认为房子也是生命的延续，它在与大自然抗衡的同时顽强地生存着。但是一旦这种活动停止，就是说开始对自然听之任之，任其摆布，那么它也就……"

行将废弃。

似乎这就是谷崎先生的观点。

废弃的房子就是死了的房子。

可是，谷崎先生就住在这样一所死了的房子里。按道理说，既然谷崎先生还住在里面，那么这所房子就还没有死亡。

可是，谷崎先生却住在这样一所废弃了的房子里。

谷崎先生把它称为废弃了的房子。

"应该怎么说呢？"

谷崎先生显得有些为难。最近，谷崎先生经常感到为难。

"噢，就像我刚才所说的那样，把房子当成生物，这只不过是个比喻。它只不过是把木头和水泥等东拼西凑地撮合在了一起，这种东西是不可能孕育出生命的。这种说法本身就很荒谬。我只能说，它的存在近似于生命体的存在。无论是说它具有生命力，还是说它已经死亡，都只是说它类似于生物的状态。可是，它和真正的生物体又不一样。我不知道应当如何表达。不言而喻，房子本身并没有自主性，或者说并不存在独立性。"

虽然说房子具有生命的灵感，但是房子本身却没有生存的意识。

"噢，我也不很清楚。我从来也没有考虑过物体是否存在意识，但是我认为物体一定不存在意识。如果假设房子具有生命，那么建筑物就有了肉体。我不知道在那个肉体当中是否存在着灵魂，但是如果存在的话，房子的灵魂就一定是住在里面的人啦。不是说就生物的范畴而言，生物体死了灵魂会分离出来吗？噢，我也不知道。可房子却是相反，灵魂消失了房子才会变成僵尸。"

就是说,废弃的房子变成了失去灵魂的空壳吗?

"噢,那就是尸体呀!那具尸体恰好可以让其他新的灵魂介入,让所谓的新人搬入。有的时候双方会配合得非常默契,但多数情况下却不那么容易。我想,这其中也有一个缘分的问题。不是说,器官移植也会有不相吻合的情况吗?输血也是一样,如果血型不一致就必须放弃。"

每个人的感觉会有所不同。即使是住在同一所房子里,有的人会感觉很舒适,有的人会感觉不舒适,正所谓因人而异。或许根本就不存在千篇一律的适合所有人的房子。

"首先,存在着一个结构或者说造型的问题。简单说来就是房间的布局。目前,在一部分家庭中出现了无障碍住宅,也就是房子里没有台阶。这非常适合老年人或者身体有残疾的人居住。如果家中有这类成员,房子就不能设计得高低不平,到处是台阶。总之,房子只要设计得适合主人居住,根本没有必要迎合其他人的口味。尽管这么说,只要不是特殊结构的设计,就不可能出现稀奇古怪的造型,以至别的人无法入住。当然,或许也有人抱怨浴室太小、厕所太大,等等。"

无论什么样的房子都没有很大的区别,谷崎先生说道。

"或许方位角度和地理条件会有一些差别,这是无法改变的。除此以外,我认为房子的造型结构不会有很大的区别。采光条件可能是千差万别的。现在盖房子,噢,以前也是一样,

预感

各种规格都是事先制定好的。比如,榻榻米的尺寸和门窗的尺寸都是固定的,人们按照这一标准确定房间的大小以及天花板的高度。我们不可能按照房间的大小制作榻榻米。正因一间房子可以铺十张榻榻米,我们才把它称为十叠间。在住宅市场上,房子的规格基本上是固定的。几乎不存在所有规格都按照特殊要求专门定制的住宅。总的来说,人们必须适应房间的设计要求。"

人出生在这一定型社会,生长在这一定型社会,或许也是一种必然。就像在箱子里培育出来的西瓜会是正方形——或者从前的中国女人从小裹脚穿小鞋一样——如果人始终被限制在一定的范围之内,他就不可能有所超越,这也是万般无奈的事情。

"或许这一规格范围本身,也是根据以往的大量经验,推导出了最大公约数,并以此制定得出的。"

这其中并没有什么不合适的地方,谷崎先生说道。

"日本式房屋非常符合日本人的标准,很适合日本人居住。噢,如果生活方式发生了变化,住宅也会随之改变。事实上,日本的住宅的确也发生着变化。现代人建造的房屋是供现代人居住的。从这个意义上说,由于时代的不同,过去的房子或许和现在的规格完全不同。榻榻米的尺寸不是已经变小了吗?据说,不同的地区榻榻米的尺寸也有所不同。这方面的详细情况我还不是很清楚。"

这是时代和文化培育出来的标准,不可能不适合现代的要求。

"正因如此……"

谷崎先生说道。

"其中不会有很大的差别,只是一些微小的差异。无论什么样的房子,无一例外都是按照规格尺寸修建的定型房屋。即使按照客户的要求建造,也不可能改变地基的设计。我们只能改变一下遮阳的形式,把窗帘换成百叶窗,或者更换一下壁纸的颜色及图案,选择一些长毛绒的地毯,以及亮度高一些的照明器具,等等。这些无一不是根据个人的喜好后装上去的。此外,也包括容易弄脏和容易磨损的地方。"

经常使用的电源插座会沾上手垢。完全没有使用过的电源插座会落上灰尘。台阶和走廊根据使用人的步幅或体重的不同,其磨损的位置也会有所不同。墙壁和柱子的污渍也会发生变化。这种细微部分的日积月累,会给房子带来许多不同的个性,谷崎先生这样说道。

"就是说,它反映出主人的性格。"

毫无疑问,如果换个主人居住,这种性格会随之发生很大的变化。

习惯于用手扶墙的人长期居住在里面,与手臂高度相同的墙壁上就会出现一道污痕。即使是有同样嗜好的人住在里面,由于他们身高的不同,弄污的位置也会有所不同。

"这种情况下一定会发生变化。或许有人会说,这点小事微不足道。实际上,它的确微不足道。但是,这种微不足道的事物的细节,却给房子带来许多不同的个性。居住在里面的主人的生活习惯,会不折不扣地为那些定型房屋打上自己的烙印。所以我认为,一所房子是建造它的人和居住在里面的人共同创造出来的产物。如果其他的人进到了里面,就会感到不协调,甚至感到抵触。然而……"

按照谷崎先生的说法——只要房子还活着,就可以有办法改变这种状态。

"说还活着似乎有些令人感到费解。不过,人也是一样,就算心脏停止了跳动,也不会立即死亡。心脏停止跳动、脑死亡……人的死亡也有各种不同的形式。就算完全死亡,局部或许还活着。毫无疑问,作为人,即使确认已经死亡,但是细胞或者器官这类局部地方也许还活着。我认为房子也一样。作为灵魂的房子主人,或者叫作建造人,总之就是住在里面的人,尽管他一段时期不住在房子里,但是这一段时期那所房子的各个部位却仍然活着。"

按照谷崎先生所说——房子也可以死而复活。

"说房子可以死而复活,或许也很难理解。噢,无论怎么说都会让人感到奇怪。我要重申,这只是比喻。总之,刚刚复活的房子,到处都存在着破损。但是,它会慢慢地染上新主人的色彩。一旦这种染色过程结束,便预示着主人与房子之间互相适应了对方。这就是所谓的房子复活了。或许这时机体已经发生了变化，但生命却得以不断延续。我认为的确存在这种房子。正如刚才所说的那样，无论什么样的房子都不会存在很大的差异。特别是出租的房屋，无论房间里有多少细小的破损，最终都会被主人接受，并且主人会欣然入住。如果这样想的话，就没有住不了的房子。所以我才会说，的确有那种房子，即便更换了主人，房子却依然继续生存。"

据说，谷崎先生住的房子却不一样。

"不过，人即使心脏停止了跳动，如果立即进行抢救，多数情况下，生命还可以意外地复苏。但是如果放在一边不及时抢救，那么即使能够挽救的生命也不可能得救。如果心脏停止跳动一天或两天，那么不论怎样进行人工呼吸、心脏按压，生命也不可能复苏，只能彻底死亡了。这时，即使对尸体实施电击也无济于事。对行将腐烂的尸体实施维持生命的措施，只能是徒劳的。"

谷崎先生家的房子……

"已经只剩下了一副骨头架子了。"

建筑物只剩下了一副骨架——谷崎先生所说的似乎并不是这个意思。谷崎先生居住的房子的确是一所旧房子。但是屋顶、墙壁和地板还都完好，而且看起来还非常坚固。

"根据文件记录，这所房子是昭和十年前后建造的，所以应当有七十年或者更长时间的历史。当然，前提是从来没有重建过的话。据我所知，这所房子的确没有进行过重建。昭和四十一年曾经一度更换过房主，但当时的新房主只是把这所房子买了下来，想必他并没有真正居住过。"

据谷崎先生说，那里的设施已经非常老旧了。

电表和水管的规格与现在的标准完全不一样，而且没有铺设燃气管道。据谷崎先生判断，从昭和四十年以后，那里根本就不曾有人居住过。

"这一地区开通燃气管道相对较晚，大概是在昭和五十年以后。在那之前都是使用罐装燃气。我买下的时候，这所房子还没有开通燃气管道。据燃气公司的人说，只要有人居住马上就可以开通。如此说来，昭和五十年的时候，或许一直都没有人住过。这块地产在昭和四十一年被人买下。从那以后直到平成年间为止的二十年时间里，那位业主一直拥有着这块土地。如此看来，第二任业主根本就没有在这里居住过。那之后也曾更换了几位业主，但那都是些金钱交易，变更了主人名字罢了，没有一位业主实际使用过这所房子。"

这里离城镇较远，附近又没有车站，交通不是很方便。

"现在尚且让人感觉偏僻，如此看来，当初建造这所房子的时候一定更加不方便了。但是，如果按照昭和初期的感觉来看，或许也并非如此。经济高速增长时期，这一地区并没有被大规模开发，泡沫经济时期似乎也被置之不理。看来这里的土地根本就没有什么利用价值。"

这所房子建造起来之前，周围曾经是一片荒野。

"不，这后面——或者说再往前走过去，就开始进入了山区。现在那里开始有了一些耕地和民宅，还通了县道和国道，可那也是最近三十年之内发展起来的。要说古老，还得算这所房子。所以我说，这附近绝不是因为有了火车站才开始兴旺，通了公路才开始争购土地的。相反地，似乎也很少发现有祖祖辈辈都在这里定居的迹象。是什么人出于什么目的在这里买了土地，还盖起了房子？那个人至少也应当在这里住了三十年的时间。然而，他又是出于什么原因，要把这块房地产出手转让给他人呢？"

谷崎先生说，他完全不清楚其中的原因。

更重要的是，究竟是什么人建造了这所房子，又是什么人曾经在这里居住过。对此，谷崎先生得不到任何有价值的信息。

"从前这里很有可能是一片荒地，要么就是一片森林，也许是耕地。总之，这一带曾经是荒无人烟。或许是建造这所房子的人买下了这块土地，并居住在了这里。这应该是不会有错的。因为，这所房子就是最好的证据。关于这一点，只要认真调查一下似乎可以有所了解，可知道不知道又有什么意义呢？目前我所知道的，只有主人的姓名。"

那好像是一位名叫桑原昭太郎的人。

"我并不知道他是什么人。桑原先生之后的几位业主的情况我还多少了解一些,他们几乎都是企业家。也许他们开始还觉得这所房子会有什么用处,可实际上这所房子根本没有利用价值。或许地价也多少出现过一些波动,但从来也没有暴涨过。又赶上经济不景气,这种东西放在手里根本没有什么用。于是,最后一届业主就把土地一起廉价抛售了出去,价格便宜得连我都可以买得起。"

因为没有人住,所以谷崎先生的房子曾经被闲置了四十年之久。

"被使用过三十年,却被闲置了四十年,所以说这所房子已经完全死掉了,根本不可能复活。噢,我想无论什么人,看到一具腐烂的尸体也不会实施抢救吧!这所房子岂止是腐烂,简直就是一堆白骨。如果想要让一堆白骨起死回生,那只有求助于妖术或者魔法之类的东西了。不,就算是这类东西,也同样无能为力。那应当是神话故事里的事情,现实当中是不可能发生的。因此,就算我住在里面,也没有什么妙计可施。噢,这里总算还维持了一个房子的外壳。但是,从某种意义上说,也许那只是一具实物标本。因为再怎么说,这所房子也死去实在太久了。"

但是,尽管是一所像标本一样的死去的房子,谷崎先生仍住到了里面。

"噢,就像看到的那样,这所房子外观建造得非常漂亮,而且我也还在里面生活着。我也曾实施过最低限度的修缮,与其说是修缮,更准确地说应当是重建,或者是补建。"

据谷崎先生说,上下水系统不得不完全更新。

重新铺设了上下水管道,安装了燃气管道,浴室和厕所也都重新进行了翻修。二楼有一个洗脸池,但是在室内安装管道非常困难,所以水管道不得不绕到屋外。

此外,相关电器设备,从配电箱到通电线路无一不是重新铺设的,甚至安装电话的工程也费了一番周折。

"噢,即使如此,也比新建一所房子要便宜得多。因为房子本身是可以利用的。幸好是我单身一人生活,只要有卧室和厨房,再加上一个像样的房间便完全可以得到满足。只是乱七八糟的杂物太多。因为工作需要,东西不知不觉地就堆成了山,这些东西又都不想扔掉。此外,由于工作关系,经常会有一些人来访。虽然不是什么客人,但也是工作上的同事,有时还必须留他们住宿。即使不是这样,也需要一间大家活动的空间。出于种种原因,这所房子似乎成了最佳的选择。然而,实际上却并非如此……"

我以为是再适合不过的了——谷崎先生说着,脸上流露出一丝苦笑。

谷崎先生的房子是木质结构的二层洋房。噢,或许那不是什么洋房,准确地说应该是西式建筑。无论是外观还是家居,或者是房子的结构,乍看上去都像是一座洋房。但实际上,谷崎先生的房子似乎并不是按照正规西洋建筑的样式建造起来的。

按照谷崎先生的推测,那是一位不具有西洋建筑知识的日本工匠,模仿西式建筑,利用日本技术,建造起来的一座西式建筑。房子的做工非常讲究,结构非常稳定,施工也非常坚固,只是处处都让人感到笨拙。

"让我怎么说呢?只是觉得有点奇怪。说是洋房,尺寸却是日本规格。还有雪见拉门式的窗子,并且设置了壁龛空间,现在已经被拆除。浴室里原本有桧木浴盆。作为洋房,看上去有不少多余的部分。日本式的房屋隔断不是可以打开的吗?还可以把大的空间分割成小的房间使用,根据情况还可以把隔断拆掉。房间的大小是可以改变的。还有柱子,欧美国家的房子里不是没有顶梁柱吗?墙壁、门窗和立柱的概念是不一样的。正因如此……"

谷崎先生才认为那不一样。

据说日式土豆炖牛肉这道菜,是模仿西式炖牛肉制作出来的。用酱油代替西式调味汁,就成了日式土豆炖牛肉。这么一说,材料都一样,看上去的感觉也一样,可是味道却截然不同。

"噢,土豆炖牛肉已经成了一道日本菜。它被加以改造,以适合日本人的口味。你看,荞麦面馆的咖喱饭,和真正的印度咖喱饭就完全不一样,它被重新改造成了日本风味。但是,这个房子却不同,给人的感觉是利用日本的食材,勉强再现出了印度咖喱饭，虽然相似却又完全不同。"

一楼有七间房间，二楼有五间房间。

谷崎先生把一楼较大的房间当成客厅，将隔壁的小房间改造成了卧室。在浴室安装了连体式浴盆，厕所也改造成了冲水马桶。厨房则换成了整体厨具，整个房间布置得非常漂亮。

"重新改造过以后，看上去才是一个普通的家。可以说是普通的家，也可以说是普通的房间。墙壁、地板和天花板全都涂装一新。这时我才发现，卧室恰好是十张榻榻米大小，衣柜结构也和日式壁橱完全一样，整体看来简直就是日式房间。"

谷崎先生说，他原本打算干脆铺上榻榻米草席。长年生活在日式房间里的谷崎先生，并不很喜欢睡在床上。

"可是，我还是放弃了。"

谷崎先生自己说，他觉得那样做似乎有点过分。

"无论怎么看，这所废弃的房子都是按照洋房的形制建造的。现在它已经死去了，可我却像一条盘踞在这所洋房尸骸上的蛆虫。如果这条蛆虫在尸骸中建造出完全不一样的天地，那总是会让人觉得……"

谷崎先生似乎感觉到，那无异于是对死者的亵渎。

"噢，我已经把这所房子折腾得够乱的了。尽管如此，要想建成真正的西式房间，还需要做许多修缮工作。噢，也可能是我想得太复杂。毕竟对于这所废弃的房子来说，我只能算是另类。要是再掺和上什么日式的元素，那么必定会遭到排斥——噢，那才叫真正的不讲道理呢，简直就是异想天开。我说过好几次了，房子本身是没有意识的。它不是生物，它是没有生命的物体。况且，即使是生物，这所房子也已经死掉了。它只是一具尸骸，无论怎样也挽回不了这一局面。可是，尽管如此……"

最终，谷崎先生还是取消了按照日式房间改造的计划。

据谷崎先生说，这是对建造这栋房子的人的尊重。

"本来应当一口气把它拆掉。对于老早以前的那么一位不知来历不知姓名的人，有什么必要表示尊重？有什么必要表示客气？你尊重他，他也不可能理会。与其说毫无意义，倒不如说让人感觉吃了亏。咳，住在这种尸骸般的旧房子里，只要看到建造它的人的幻影，就好像完全被人控制在手心里一样，令人感到压抑。或许，这才是真正的幽灵吧？"

我感觉这才是真正的幽灵，谷崎先生说道。

"像在漫画或者电影中看到的那样，幽灵化作一阵风出现在眼前。其实，怎么可能有这种东西？我并没有糊涂到盲目相信这种事情的地步。什么幽灵啦作祟啦，其实那不过是自我安慰。或是出于误会，或是出于内心的不安，再不然就是把它当成了赚钱的工具。因为它比较容易迷惑人，大家才会相信它是存在的。它与宗教的意识形态没有任何关系。不是说，人死了以后灵魂会分离出来，替人报仇吗？如此说来，那便是没有死。噢，人是会死的，所有生物都是会死掉的。"

死了就一切都结束了。

"正因为死了一切就都结束了,活着才有了意义。我似乎觉得,正因为想到死了以后一切都会终止,才会努力地活着。如果人死了以后能够转世重生,并且可以心想事成,那么谁都不会认真地活着了。"

噢,或许也有不可思议的事情吧,谷崎先生接着说道。

"我说,所谓不可思议的事情,就是还没有弄明白的事情。我想,这个世界上的确有许多事情无法理解。可那是因为脑子愚蠢,所以才无法理解。人本来就没有那么聪明,无法理解的事情太多了。可是,人们却把这些事情归结到死人身上。那才是对死者的亵渎,那就更不明智了。所以,死人是不会转世重生的。生物死了以后,一切就都结束了。"

可是……

"意念上类似生物之类的东西,它们死了以后也还会残留下来。因为它们并不是真正的生物。房子本来只是一件物体。它是一件物体,却又不只是一件物体,因为它同时被赋予了生物一样的性格。所以,只要不把它拆除,它死了以后仍会残留下来,一直都不会消失。不只是房子,工具物品也是一样。只要创造它的人、使用它的人还在,它们看上去就会像是活着的一样。可一旦那些人不在了,它们也就死了。虽然死了,可它们却不会消失。它们会继承创造以及使用它们的人的衣钵,一直存在下去,直到完全腐烂为止。"

谷崎先生说，我生活在这间废弃的房子里，才明白了这一道理。

"我根本不认识桑原先生，从来都没有见过他。不知道他长什么样子，也没有听他说过话。我们素不相识。而且，桑原昭太郎先生肯定已经过世了。我想，他一定是在很久以前就过世了。我和桑原先生没有任何关系，我们生活的年代和居住的地点完全不同。桑原先生和我的人生在时间上没有任何的重合点。尽管如此，在这间废弃的房子里，桑原先生的身影……"

却是随处可见，谷崎先生说道。

"或许准确地说，应当是——随处可以感受得到。我并非真正看到了桑原先生的身影，而是看到了例如楼梯扶手上的划痕、门把手上剥落的电镀层、墙壁上附着的手垢，等等，这些无一不是桑原先生以及桑原先生的家人，或者其他什么人在这所房子里生活时留下的痕迹。每当我看到这些，就会感觉到那些从未见到过的、以往死去了的人们的生命的存在。然而，我却感觉不到这所房子的生命。我刚才说过，在房子死去之前，新的主人搬了进来，使得房子得以重生。就是说，新的主人的生命取代了旧的主人的生命。噢，不是经常说人输入了新鲜的血液后，身体会变得健康吗？虽然我不知道那是否是真的，但房子的确会发生变化，因为住在里面的人变了。可是，房子一旦被废弃……"

要么拆除要么重建，否则就无法被取代——谷崎先生说道。

"我刚才说过了,白骨化的死尸是不可能复活的。因为那是新陈代谢完全停止的状态。如果说变化,那只能是负能量的不断增加。也就是逐渐地腐烂。按照自然法则,它带着前一任房主的精神逐渐腐烂下去。而我就是这样,像一条寄生虫钻到了房子里面生存着。我在那所废弃的房子里任意建造其他房子,并在里面苟且安生。可那些没有被我介入的房间,则已经死去。所以我才说……"

我生活在一所废弃了房子里,谷崎先生说道。

"没有使用到的房间,完全没有进行修整,甚至也没有被打扫。万幸的是,尽管已经相当老旧,但外装修却并没有出现破损或者断裂。屋顶也非常坚固,并没有出现漏雨的现象。在修整厨房和厕所时,我对二楼的洗手台也进行了改造,还顺便将二楼的一个房间改装成了客房。此外,一楼的两个房间则放满了行李,被当成了储藏室。可是那里并没有经过改造,只是暂时将行李摆放在了里面。一楼的三个房间和二楼的四个房间都没有被利用,像四十年前一样空闲着。"

据谷崎先生说——尽管那些房间没有被利用,但是也没有被贴着封条封闭起来。谷崎先生说,他仿佛从那些房间里感受到了桑原先生的精神。然而,除此之外,他并没有感受到其他任何东西。

"所以我说,这所房子本身似乎已经成了一个记忆装置。

噢，就像是一张没有被使用过的存储硬盘，只有和我这个电脑连接在一起，才能够读取那里面的信息。这个嘛，就是我所说的幽灵。只要我不去介入，它就只会永远地保存在里面。它就会只是个物体，是一间死去的房子、废弃的房子。这种东西被封闭起来也没任何意义。噢，不是也有贴上咒符、围上法绳的禁地吗？我想，如果读到了那个地方的数据，或许也不会感到心情愉快。所以，我总会莫名其妙地告诫自己，不要进到那些房间里去。我心里明白其中的道理，所以也就没有必要采取特别的措施。"

只是说，谷崎先生挠了挠头皮。

"如此看来，我只是住在了一所废旧的房子里，却又没有什么不便，也没有发生任何意外。既没有听到奇怪的声音，也没有听到有人吵闹，没有任何值得担心的事情。只是说起舒适与否，却是有些微妙。"

我已经说过好几次，谷崎先生再三强调着。

"世界上不存在所谓的幽灵。那是不可能存在的。这一点请一定不要误会。可是，该怎么说呢？我生活在一间死去了的房子里。我的房间以我为核心生存着，而其他房间则是由于失去了桑原先生这个核心，已经成了一具尸骸。我生活在死亡当中，这一点则是确信无疑的。"

所以，不时地……

"我不时地会觉得自己也已经死亡，不时地又会觉得自己被死亡包围着。或许，我也成了一具尸骸？有时，在一瞬间我会愚蠢地怀疑自己真的变成了一个幽灵。每当那时……"

我总会有一种预感。

是的，谷崎先生这样说道。

"我预感到……从二楼深处空闲着的房间里，一个已经腐烂了一半的小女孩儿，正慢慢地走了出来。我还预感到……一个没有眼睛的小女孩儿，张着嘴巴，一面哭泣着，一面冲下楼梯。"

那是预感，是我的预感。

"现实中什么都没有发生，任何事情都没有发生。那种事情是不可能发生的。说起来，我根本不知道桑原先生是怎样的一个人，也不知道他家里都有什么人。我从来没有考虑过，也没有想象过。就算想象，也无法进行确认。难道不是这样吗？我甚至从未打算要去确认。可是……"

我有一种预感。

失去了眼睛的小女孩儿，用一双腐烂了的铁青色的小手，拍打着涂着漆的肮脏的墙壁。她从楼梯扶手的缝隙间，目不转睛地望着我。我工作的时候，她会站在我的后面，大声地哭泣着。

她大声地哭泣着。

那个失去了眼睛、已经腐烂了的小女孩儿。

遇到这种事情，我只能是……

不，不会的，那种事情是不会发生的，那种事情是绝对不会发生的。

我却有一种预感。

只是预感。

什么事情都没有发生。

只是预感。

而那种预感……

极端的恐怖，恐怖恐怖恐怖！

但却只是预感。

只是预感。

我感觉快要发疯了，谷崎先生说完，拖着沉重的脚步走进了那所废弃的房子当中。那以后的事情……

我就什么都不知道了。

前辈的故事

前辈说了。

嗯,这让我怎么说呢?

也可能有那种事情!噢,你怎么想的我不知道,你说的我也明白,我并没有打算强迫你相信。可要说有还是没有,我只能说有。问题在于如何解释。至于说相信还是不相信,那种争论没有一点意义。我是这样认为的。这让我怎么说呢?你明白我的意思吗?这些事情我也不是很清楚。或许你说那是幽灵,但这和叫什么没有关系。

噢——我也是一样,这种东西叫什么也都无所谓。

前辈,我明白你的意思!我回答道。

前辈已经不年轻了,我也不年轻了。时光荏苒,岁月如梭,不觉已经到了这个年龄,就像一块破旧了的抹布。前辈,难道不是吗?

是啊!你说得对!那都已经是过去的事了。

那个时候,天空看上去总是那么宽阔。

那是因为我们个子小，还是孩子嘛。

而且，那个时候没有那么多高大的建筑。低处视野开阔，高处景致优美。放眼望去，似乎可以看得很远很远。

那时，我们所处的位置很低。可尽管如此，却能够看得到遥远的景色。

地面以上都是那么宽阔，甚至房檐都显得如此高大，那以上更是高耸入云。仿佛宇宙的一半以上都是天空。

那个时候，根本没有那么多高楼大厦，起码我们这里没有。

房子最多只有两层，全部都是木制的，而且一律都是深颜色，并不像现在的建筑那么华丽。例如灰色或者茶色，显得非常沉着，给人以安稳的感觉。因为是木制，看上去古香古色。屋顶上铺着瓦，形状蜿蜒曲折。不是也有曲甍如浪的说法吗？真的就是那样。在那之上，便是一片海阔天空。

夕阳西下，晚霞映红了世界，整个天空呈现出暗红色。

多么漂亮啊！那种迷人的景色……

真是久违了。是因为许久见不到了，还是因为自己长大了？

或许是城市发生了变化？抑或是年龄的关系？

前辈，两种因素都存在！

自己和城市都上了年纪。我和你都老了，城市也一样变老了。并非只有一方发生了变化。一切的一切，宇宙间的万物，哪怕是瞬间也不可能保持同一种状态。

  我们不可能看到现在的孩子所仰望的世界。可是，当这些孩子上了年纪，并且对我们谈论起现在的回忆时，我们便可以知道他们孩童时代的情景。我和前辈生活在不同的年代，处于不同的场所，但是从前辈的言谈话语当中，我却可以想象到那个时代的风景，感受到那个时代的气息，听到那个时代的声音。

  那并非真实的存在。

  但是，我听到和见到的真实的记忆也同样如此。

  时间不可能逆转。

  因此，消逝了的时间，便是死亡了的现在。

  所谓的记忆，那便是现今的幽灵。因为是幽灵，所以会时隐时现。过去的事情，总是像用望远镜所观察到的远方的景色一样，显得模糊不清。可是尽管模糊不清，尽管那不是真实的存在，然而，它却并非谎言。

  是的，那并非谎言——前辈满怀深情地凝视着远方。

  远方缥缈而蔚蓝的天空中飘浮着几朵淡淡的白云。

  前辈，前方一片虚空！前辈，没有任何东西！

  可是，那里却充满了过去。

  是的。

  可以看到幽灵。就像用望远镜所看到的那样，周围有些朦胧，模糊不清，但中心却是清晰可见。虽然有些扭曲，颜色褪去了，形象也有些崩溃。

真的令人怀念！

你看。

那是我小时候住过的房子。

周围是绿树篱笆，记得那好像是山茶树，上面开满了一朵朵小红花。

噢，全是土，院子里全是土，分不清哪里是走人的、哪里是走车的。院子看上去宽阔无比，但却是一片尘土飞扬，遇上雨天就会变得泥泞不堪。四处长满了小草，虫子在上面爬行。

地面仿佛近在咫尺。

它就在我的视线下方，所以看得非常清楚。那时候眼睛里看到的似乎只有泥土。

噢，其中也有石头。

四周是一圈绿色的篱笆墙。中间说不上是大门，只是敞着一扇小小的门扇。院墙到门厅之间铺着石头，就是这个石头……

噢，现在不是都变成瓷砖了吗？和以前的完全不一样了。

或许是经过了石匠雕刻，总之不是自然的，原本可是形状不一的。你看，到处残缺不齐，有的地方掉了角，有的地方还磨去了一块。它被埋在了泥土里，就是这个石头……

那时，我怎么也数不清到底有多少块石头。

噢，现在当然可以数清了。不用说，谁都能够数得清楚。

小的时候每次数结果都不一样，现在当然不会有那种事情了。可当时是怎样的情景？我早就已经忘记了。真是不中用啊。可那时毕竟还是小孩子。

现在想起来，那石头究竟是十几块，还是只有三四块？

我早已记不清了。

现在已经无法去数了。因为房子已经不在了，很早以前就被拆掉了。那根发黑的柱子，那根变旧的木头，拆开之后却发现里面是白白的。本以为很干燥，可却是湿润润的。人们拔掉了柱子，砸碎了瓦片，深翻了土地。

那些石头，到底怎样了？

前辈，并没有怎样！

那个……那个望远镜的前方，不是可以看到那些石头吗？

多少有些模糊，有些扭曲，像在云里雾中，看不清细节。然而，我却可以看到。啊，前辈，我看到了！

嗯。

是啊！

那是房子的幽灵。

那个时候，那里看上去很昏暗。

噢，我并不是说晦气。

那个时候，没有这么明亮的电灯。

噢，我不是指提灯或者蜡烛。那个时候也通了电，不过那时的电灯泡不知怎的就像一颗小星星，光线只能照亮眼前。

虽然看上去似乎有些微弱，但我觉得却是那样的温馨。

　　白天也是一样，窗户上装的全都是磨砂玻璃。就算不是，也是表面粗糙的。那时的透明玻璃，有着麦芽糖一样的质感呢。

　　此外，那时的隔断也不像现在的推拉门，而是用一张薄薄的白纸将里外隔开。噢，这种设计真的让人觉得很舒服。

　　即使窗外阳光明媚，房子里却显得一片昏暗。

　　像是衣柜后面，或是走廊的角落里。

　　噢，果然都是一片昏暗，什么也看不清楚。

　　是的，可是，却让人感到安心。在阳光的照射下，总觉得没法做坏事。当然，我并没有打算做坏事。

　　那时的灯光，总让人感觉可以得到宽恕。

　　仿佛有人在告诉你，喂，不用担心！空气也是一样。空气用望远镜是看不到的。比如，榻榻米的蔺草香气，泥土的气息，衣柜抽屉里发出的樟脑那刺鼻的味道，还有线香的香气。

　　噢，是的。

　　仿佛有种回到了老人怀抱里的感觉。

　　你懂那种感觉吗？

　　噢，奶奶在家，她在房子里面。

　　奶奶在里面。能看见吗？似乎光线有点暗。

　　噢，看见了，她就坐在廊檐下。而且不止奶奶一个人，还有其他几位久违了的面孔。他们都是那个年代……那个年代

前辈的故事　　203

的人。

噢，前辈，都是过去的人！

我可不认识他们，只是在老照片中见到过他们的面孔，所以印象非常模糊。前辈，你感觉呢？

可能是吧。

那个时候的印象非常深刻，并且感觉很温馨。

整个世界都是一样。

那一位，是我的叔父。就是那个站在紫阳花前的一位。那位身材高大、魁梧的人就是我的叔父。他是父亲的弟弟，死在了战场上。

我很喜欢叔父。

至今仍然喜欢。非常喜欢。可惜呀！现如今，我也到了叔父的年龄，甚至超过了叔父，变得比叔父还老了。尽管如此，可年纪轻轻的叔父却是我的长辈呀！

他是个很了不起的人。

噢，我并不是说他多么有身份，学历有多么高，才了不起。

叔父是做翻译工作的，所以很有学问。但他是自学的，全靠自学成的才。噢，大学毕业也不一定出色，叔父的英语全都是自己学的。

真的！会有那种人吗？

现在是不行了。动不动就是什么文凭啦、经历啦、考试成绩啦，还设了许多条条框框。当然，也不是说这些有什么不好。

叔父也曾在中学当过英语教师。我真的不知道叔父怎么会去教书。

这个问题对于小孩子来说实在有点困难。

可是叔父看上去并没有知识分子的架子。

他从前还在警视厅教过剑道,身手很厉害。

你一定很佩服叔父吧?

我很喜欢叔父,非常喜欢他。

你看叔父在笑。

他看上去很高兴。

父亲的下面有三个弟弟,还有一个妹妹。兄弟们体格都非常健壮。可是,两个弟弟先后死在了战场上。

你看,所以他们不在那里。

叔父很了不起!他身材魁梧,个头也很高,我在一旁都得抬头仰望。可他不是瘦高的那种,其实他的块头也很大。

所有人都喜欢叔父。他既不抽烟也不嗜酒,低级下流的事情从来不沾。不过,叔父也不是那种古板的人。

或许,叔父也有不遵守常规的时候。

听说,他曾经把挣来的钱分给那些穷人们。我觉得,一般人是做不出这种事的。但这确实是真事,不是我编造出来的。

叔父去世的时候,附近的农户悲痛得失声痛哭,都说叔父是他们的大恩人。为了表示慰问,他们还送来了许多蔬菜。

你看！

奶奶为有这样的儿子而感到自豪。所以你看，奶奶不是在微笑吗？奶奶，您好！祝您幸福！

可是，啊！

前辈，你怎么了？

前辈显得有些悲伤，两只眼睛里泛着泪花。

前辈，你很伤心吗？是不是想起了什么悲伤的事情？

不，没有，前辈说道。

我的那位叔父……

我的叔父，他参加了海军。

听说叔父在军队里的表现也非常出色。说起军队，那可是个暴虐横行的地方。但是，听说叔父从来都不殴打部下。不论部下做错了什么事情，也不论部下怎么不听从指挥，叔父都会耐心地对他们进行教育。噢，叔父非常严厉，但他从不打人。有时，部下并没有犯错误，只是回答问题的声音小了一点，就会立刻吃长官的耳光。听说长官还会用木屐打人。因为那是军队，这种事情几乎是家常便饭。但是，叔父却从来不动手。

可是这样一来，叔父的长官就对叔父怀恨在心了。他把叔父叫到面前，说什么，你不懂得怎么打人，让我来教给你。

于是，便是一顿拳打脚踢。当然，如果真的较量起来叔父一定不会示弱。可是对方是长官，碍着面子叔父无法顶撞。

他咬着牙忍受着疼痛，只说了一声：请长官指教。然而，这却越发引起了那位长官的不满。

据说，叔父被那位长官毒打了一顿。

另据说，在叔父遭到长官殴打时，叔父部队的士兵一直在那位长官房间的门外列队守候着。因为他们知道，叔父是为了自己而遭到长官毒打的。

可是我的叔父，他一言不发默默地接受完制裁，然后从长官的房间里走了出来。当时，叔父被打得鼻青脸肿，可当他看到列队站在门外的部下时，却只说了一句话。你们站在那里干什么？还不赶快回去睡觉！

据说叔父的部下一个个被感动得痛哭流涕。

听别人说，战争结束以后，那些部下来到了奶奶家。他们是复员回家，到奶奶家来道谢的。大家都为能够遇上这样一位出色的长官而感到幸福。

奶奶则感到无比的骄傲。

你看，奶奶不是在微笑吗？

奶奶始终引以为豪。据说，叔父因此而受到了表彰，还被授予了什么勋章。

只要是自己的儿子，无论怎样都一样可爱。毕竟，已经有两个儿子死在了战场上。所以，奶奶对叔父更加疼爱。

前辈！

那位叔父……

你的那位叔父。

噢，你是说叔父吗？可是，我的那位叔父，不知是出于何种原因，他坚持报名加入了军队。本来以叔父的身份，完全可以不去参军上战场的。可是结果……

他被派到了海上。

那里是一片蓝色的海洋。一定是那样。因为那里的天空也一样的蓝。

他没有告诉奶奶一声，就悄悄地离开了家乡。他不愿意让奶奶为他担心。可是想一想，又有哪个母亲不为儿子操心呢？

所以，你看！

奶奶不是一脸迷茫吗？她不知道叔父去了什么地方，去做什么。或许，她还以为叔父出去旅行了。

噢，已经有两个儿子死在了战场上。因此，父亲和爷爷还都瞒着奶奶。只要提起去前线，便会引起奶奶的牵挂。即使不是这样……

要说我的奶奶，不瞒你说，她是一个灵感极强的人。噢，按照你的说法——不，或许我们又要回到什么是灵感这一话题。所以我说，灵感这个词实在不好。嗯，我想那不是灵感。

你说对不对？

或许那只是生活方式的问题。

奶奶就是这样，对于不同的事物，她总以不同的方式去感受；对于不同的问题，又总会有自己不同的理解。或许，那只是一种感受的形式，或者是理解方法的问题。但是，如果这种东西被故意夸大，它就成了灵感。说起来似乎有些耸人听闻。

你看！

你看，望远镜里，奶奶的神态是不是显得有些紧张？

那是过去某一天的事情。

那一天，奶奶对母亲说："门外有人，你去看一看！"

那是一个黄昏的傍晚。噢，美丽的晚霞映红了半边天。

可是，大门紧闭着，外面没有一个人。

"妈，外面没有人啊！"母亲回答道。

原来如此，也许是错觉吧。可过了不大一会儿……

"院子里好像有个男人，你能不能出去看一看？"

奶奶又这样说道。

外面不可能有人。噢，和现在不一样，当时房子谈不上什么防护措施，外人随便可以进到屋里来。门锁也不是很牢固，巡警在巡视途中随时可以进到家里喝上几杯。有时高兴了，还会大声唱起来。当时就是那个年代。可那一天，天已经晚了，这个时候又有谁会来呢？

外面没有人啊！

这样一来，母亲反倒也担起心来。她把事情跟父亲说了。于是，父亲便开始担心起奶奶来。毕竟叔父出征的事情还都瞒着奶奶。而且两个弟弟也都死在了战场上。说不定奶奶已经有所察觉，所以才这样心神不定，以致精神出了问题。

前辈的故事

果然，就在这时……

"快来人，快来人！"

奶奶突然大声喊叫着。

"那个男人，他进到屋里来了。他穿着一身制服，就站在门口。"

这到底是怎么一回事？

可是，门口并没有人。

你一定觉得奶奶的脑子出了问题。噢，平常她可是非常精明，脑子一点也不糊涂。也许是因为操心过度得了幻觉症？就算没有人告诉她，她也可能有所察觉。也许是一时间精神发生了错乱？

于是，我来到了奶奶的房间。

榻榻米上铺着被褥。那被褥又薄又硬，奶奶一个人盘腿坐在上面。

头顶上吊着一只电灯泡。电灯泡里发出的微弱灯光照射在奶奶的身上。房间的角落里一片漆黑。

奶奶垂着头，身子缩成一团。

她嘴里念叨着什么。

"正三死了。"

奶奶说道。

奶奶似乎这样说道。

父亲和母亲都感到一阵惊讶。噢，既然家中有人去了战场，就已经做好了死的准备。可正是因为这样，谁也不愿意说出这种不吉利的话。即使是收到了阵亡公报，也没有人愿意相信那种事情。

噢，更何况奶奶根本就不知道叔父已经出征。她根本不可能说出这种话。可是，奶奶却突然说叔父死了。无论谁听了这种话，都会感到奇怪。

于是，父亲对奶奶问道，妈，您为什么要说这种话？出了什么事情吗？

奶奶却回答道，那是梦。

我做了个梦。

于是，大家真的以为那只是个梦。

眼前是一片蓝色。

一片蓝色的大海。

天空也是一片蓝。无边无际的蓝色，把天空和大海连成了一片，分不清什么地方是水平线。那蓝色刺得人睁不开眼睛。

海上漂浮着一条船，那是一条小船。

正三一个人坐在船上，可船上本来不应当只有正三一个人。

他挥舞着手臂。他挥舞着左手，右手却握着一只手枪。

他冲我挥着手。

再见！再见，妈妈！

再见了，妈妈！

前辈的故事　　211

奶奶并没有听到叔父的声音。天那么高,海那么宽,人在中间小得就像是一颗豆粒。而且到处都是一片蓝,所以奶奶根本不可能听见叔父的声音。小船越走越远。可是……

我听见了枪声。

可那是在梦里,噢,那时我在做梦,所以也就没有介意。

可是……

现在我才明白,正三是来向我告别的。

"正三死了。"

这让父亲和母亲感到为难。

因为叔父是瞒着奶奶去了战场。

就在那件事过去几天后,大门突然被打开,院子里传来了呼唤的声音。母亲觉得奇怪,赶紧打开了房门。

母亲出来一看,一位身穿制服的男人站在门外。

那是邮局的邮差,他送来了阵亡公报。

叔父死了。

据说,是在那片海上,叔父乘上了一艘小型的特工船。

所谓特工船,就是从事谍报活动的船只,不是什么军舰。叔父乘的特工船在海上遭遇了敌人的船只。

于是,叔父准备开枪射击。

对方是一艘军舰,叔父根本抵挡不过。于是,叔父一面还击一面用无线电发出了求救呼叫。等到附近的救援船只赶到时,叔父的船已经中弹,正在下沉。救援船开始向敌人发起炮击。这时，叔父放下了救生艇，将船员们迅速地转移到了救援船只上。

最终，特工船沉入了大海。

其他船员全部安全转移，只有叔父一人留在了船上。已经没有多余的救生艇了，没有任何办法逃生，因为正在激烈的战斗中啊。

跳海！跳海游过来呀——大家在甲板上大声呼叫着叔父。

可是，叔父无法游过去，他浑身上下鲜血直流。

在帮助战友逃离时，叔父身上中了枪弹。

叔父已经做好了最后的准备，他向大家挥了挥手。

在舰艇沉入大海之前，叔父开枪自尽，结束了自己的生命。

叔父！

看来，果真和奶奶说的完全一样。

奶奶说叔父曾经向她挥手，其实那可能是叔父在向自己的战友和部下挥手。但是不知为什么，奶奶却梦到了这一情景，于是错以为那是在向自己挥手。可是我却不那样认为。

前辈，我不那样认为！

我认为，叔父的确是在向奶奶挥手。

真的吗？

当然是真的！

因为，前辈，那种事情，发生在如此遥远的地方，即便是托梦也不可能看得到。

你说得也是。

我也觉得不可能看到。

不——前辈,我说的不是这个意思!我并不是说那是瞎话、误会、胡思乱想。我也不认为这件事情是偶然发生的。

距离那么遥远。

噢,即使距离不是那么遥远,也不可能看到发生在其他地方的事情。

可是,人通过意念或许可以看到。

噢,我觉得没有必要刻意使用超能力或者灵感这类奇怪的词汇。

因为那是奶奶引以为豪的儿子。一定是舐犊情深,总之叫什么都可以,总之是母亲慈祥的襟怀,前辈!那同时也是母亲坚定的信念,前辈!

你说得很对。

慈祥而又坚定。

是的,前辈!

就是那种慈祥却又坚定的信念。

噢,人的感情是无法传递的。只是希望能够得到对方的理解。人们期待、祈祷,希望这种温柔的感情能够得到更多的理解。

即使得不到理解,也还是满怀着期待。

这种期待越是强烈，就越是不肯放弃。

不仅仅是当事人自己，像前辈那样亲近的人自然不必说，就连像我这样的外人也是如此。

尽管人的意念无法改变这个世界，但是如果能够传递出去的话，仍然可以感受到一丝欣慰。

或许也可以影响到对方？

正因如此，所以说，对方的确是在向奶奶挥手。奶奶不是也在梦中见到了这一情景吗？叔父不是还对奶奶说了些什么吗？

再见，妈妈！

嗯。

可是……

奶奶似乎并没有听到声音啊？

奶奶不可能听到声音。不过，但即使听不到声音也没有关系。可是前辈，你想一想，通过那只望远镜看到的，不就是从前的情景吗？

那是消逝了的瞬间，死亡了的现在啊！

那就是现在的幽灵！

是啊！

你说得很对！

是的。所以啊，我说前辈，那不是发生在前辈出生之前的事情吗？即便不是那样，那也不是前辈自己的亲身经历啊！

前辈的故事　　215

噢。

你说得没错。

但是，那却并不仅仅是记忆。

不，前辈，那只能是记忆！那是前辈的记忆，现在却又成了我的记忆。所以，或许在梦里没有听到声音，但是前辈的奶奶的确听到了叔父的声音。因为，连我都似乎感觉听到了叔父的声音。

真的听到了吗？

要是真的听到了该有多好！

你不是很喜欢叔父吗？

一定能听到。不仅能听到，还能看到。尽管声音有些嘶哑，画面有些模糊，光线显得昏暗，但是通过望远镜所看到的从前的景象却是历历在目。在含蓄的灯光照射下，房间的角落里一片漆黑、昏暗、阴霾，昔日的景象令人欣慰，让人怀念。那蔺草的芳香，泥土的气息，一切的一切，当然还包括那熟悉的声音。

确有其事的故事，并非就是真实的故事。

前辈的故事才是真实的故事。

真实的故事，结束以后会消失得无影无踪。眼见着它们正在一个一个地死去。

所以，那些故事便是现实中的幽灵。

正因为成了故事，我们才得以见到逝去的年代，以及消失了的时间的幽灵。

我见到了叔父。就在刚才,我见到了那位身材高大、魁梧、深受前辈爱戴的叔父。

真的吗?

那样就好。

是呀!

就是回忆起往日的现在,时光仍在不停地流逝。

我们同样眼见着一个一个地死去。正因如此……

这与所谓的过去、未来、现在几乎没有任何关系。因为它们已经互相交融为了一体。

所以……

才会有这种事情。就是现在,也很难说是活着还是已经死去,难道不是这样吗?因为,就连我们自己都已经成了故事。

噢,是啊!

那么,我也能够见到叔父,奶奶也能够听到叔父的声音啦。

奶奶或许正在听着呢。

前辈这样说道。

故事讲完了。

京极夏彦系列作品

讨厌的小说

★鬼才作家京极夏彦打开魔盒，嫌恶、厌倦、抗拒、不满……在生活上空盘旋、聚散。

★违背常理、疯狂诡异的怪事横生，确凿无疑的事实和荒唐无稽的意外被完美地整合在一起。厌烦、沉重、不快充斥感官，被离奇淹没还是安全逃脱？

★读时大呼"讨厌"、读过后悔必至的怪奇小说，就在这里。

偷窥者小平次

★千呼万唤的时代小说，京极夏彦风格浓郁的江户怪谈隆重登场。

★嫉妒、仇恨、悲叹，恩怨纠缠，阴谋谎言，人人浮沉在这虚妄的世间。

★一切全是虚构的谎言，悉数尽皆空造之事。

★藏于壁橱中的窥视之眼，冷漠看透尘世幽微人心。

幽　谈

★暧昧模糊的此岸与彼岸，死生之间，如梦似幻。恬静淡然、令人"心动"的现代怪谈，展现京极小说的别样天地！

★神秘的味道、昏暗的色调、奇诡的音律、纤细的感知，交错成八重光怪陆离的梦。

★恐惧，在每个人心中都有不同的样貌。因为，真正的恐惧源于自己的内心。

冥　谈

★如梦似幻的妄想，若远若近的记忆，真真假假的传说，爱恨交织的情感，死生难辨的呼吸……淡然笔触描绘玄妙魅惑的世界。

★八则精致的故事，八种时空的异象，怪异中蕴藏怀念之感。一本有声音，有温度，又充满奇异光辉的现代怪谈。

旧怪谈

★爱欲、嫉恨、谎言、妄想、冲动、执念……原来人世幽冥只隔一线。现实与异界转瞬变换，真假虚实难辨，那些想不通的、不可说的，到底是超自然事物的出现，还是人心的幻觉与妄念？

★三十五个发生在日常中的不可思议之事，三十五篇古典与现代风格交织的奇闻怪谈。字里行间迷雾重重、鬼影幢幢，一个接一个的谜团，到底真相为何，最终也无人知晓答案。